CONFLICTO

CONFLICTO

L. J. Smith

Traducción de Gemma Gallart

Obra editada en colaboración con Editorial Planeta - España

Título original: *Vampiro Diaries. The Struggle*

© 1991, Daniel Weiss Associates, Inc. y Lisa Smith
© Gemma Gallart, por la traducción
© 2008, Editorial Planeta, S.A. – Barcelona, España

© 2009, Editorial Planeta Mexicana, S.A. de C.V.
Bajo el sello editorial DESTINO
Avenida Presidente Masarik núm. 111, 2o. piso
Colonia Chapultepec Morales
C.P. 11570 México, D.F.
www.editorialplaneta.com.mx

Primera edición impresa en España: septiembre de 2008
ISBN: 978-84-08-08219-4

Primera edición impresa en México: julio de 2009
Primera reimpresión: septiembre de 2009
ISBN: 978-607-7-00064-8

Impreso en los talleres de Offset Libra, S.A. de C.V.
Francisco I. Madero núm. 31, colonia San Miguel Iztacalco, México, D.F.
Impreso en México – *Printed in Mexico*

1

—¡Damon!

Un viento helado azotó los cabellos de Elena contra su rostro, jalándola de su fino suéter. Las hojas de roble se arremolinaban entre las hileras de lápidas de mármol, y los árboles hacían entrechocar las ramas frenéticamente. Elena tenía las manos heladas, los labios y las mejillas entumecidos, pero permaneció de cara al aullante viento, gritándole:

—¡Damon!

Aquel tiempo era una exhibición de su Poder, destinada a ahuyentarla. No funcionaría. La idea de ese mismo Poder vuelto contra Stefan despertaba en su interior una furia abrasadora que ardía en oposición al viento. Si Damon le había hecho algo a Stefan, si Damon le había hecho daño...

—¡Maldito seas, respóndeme! —gritó hacia los robles que bordeaban el cementerio.

Una hoja seca de roble que parecía una marchita mano morena avanzó dando brinquitos hasta su pie, pero no hubo respuesta. En lo alto, el cielo era gris como cristal, gris como las lápidas que la rodeaban. Elena sintió que la ira y la frustración le quemaban la garganta y hundió los hombros. Se había equivocado. Damon no estaba allí, después de todo; estaba sola con el viento que aullaba.

Giró... y lanzó una exclamación ahogada.

Estaba justamente detrás de ella, tan cerca que sus ropas lo rozaron cuando se dio media vuelta. A aquella distancia, debería haber percibido la presencia de otro ser humano allí parado, debería haber notado el calor de su cuerpo o haberlo escuchado. Pero Damon, por supuesto, no era humano.

Retrocedió un par de pasos antes de poder controlarse. Todos los instintos que habían permanecido en silencio mientras le gritaba a la violencia del viento le suplicaban ahora que huyera.

Cerró los puños.

—¿Dónde está Stefan?

Una línea apareció entre las oscuras cejas de Damon.

—¿Stefan qué?

Elena se acercó y lo abofeteó.

No lo pensó antes de hacerlo, y después apenas pudo creer que lo había hecho. Pero fue un bofetón potente y seco, dado con toda la fuerza de su cuerpo, y torció el rostro de Damon hacia un lado. La mano le ardía. Se quedó allí quieta, intentando calmar su respiración, y lo observó con atención.

Iba vestido como lo había visto la primera vez, de negro. Botas de vestir negras, pantalón de mezclilla negro, suéter negro y chamarra de piel. Y se parecía a Stefan. No comprendía cómo no se había fijado en eso antes. Tenía los mismos cabellos oscuros, la misma tez pálida, el mismo inquietante atractivo. Pero sus cabellos eran lisos, no ondulados; los ojos eran negros como la medianoche y la boca era cruel.

6

Volteó la cabeza lentamente para mirarla, y Elena vio enrojecer la mejilla que le había abofeteado.

—No me mientas —dijo con voz agitada—. Sé quién eres. Sé lo que eres. Mataste al señor Tanner anoche. Y ahora Stefan ha desaparecido.

—¿De verdad?

—¡Sabes que sí!

Damon sonrió y a continuación apagó la sonrisa instantáneamente.

—Te lo advierto: si le hiciste daño...

—Entonces, ¿qué? —repuso él—. ¿Qué harás, Elena? ¿Qué puedes hacer contra mí?

Elena se quedó callada. Por primera vez notó que el viento se había apaciguado. El día se había vuelto sepulcralmente silencioso alrededor de ambos, como si estuvieran inmóviles en el centro de algún gran círculo de poder. Parecía como si todo, el cielo plomizo, los robles y las hayas moradas, el mismo suelo, estuviera conectado a él, como si absorbiera Poder de todo ello. Permanecía parado con la cabeza ligeramente echada hacia atrás, y los ojos insondables y llenos de extrañas luces.

—No lo sé —musitó la muchacha—, pero encontraré algo. Créeme.

Él rió de improviso, y el corazón de Elena dio un vuelco y empezó a palpitar con fuerza. Dios, era hermoso. Apuesto era una palabra demasiado pobre y gris. Como de costumbre, la carcajada sólo duró un instante, pero incluso cuando sus labios se serenaron dejó un vestigio en sus ojos.

—Te creo —respondió, relajándose mientras paseaba la mirada por el cementerio.

Después volteó el rostro hacia ella y le tendió una mano.

—Eres demasiado buena para mi hermano —dijo con toda tranquilidad.

Elena pensó en apartarlo de un manotazo, pero no quería volver a tocarlo.

—Dime dónde está.

—Más tarde, tal vez..., pero eso tendrá un precio.

Retiró la mano, mientras Elena advertía que en ella lucía un anillo como el de Stefan: de plata y lapislázuli. «Recuerda eso —pensó con ferocidad—. Es importante.»

—Mi hermano —siguió él— es un estúpido. Cree que porque te pareces a Katherine eres débil y te dejas influenciar fácilmente. Pero se equivoca. Pude percibir tu ira desde el otro extremo de la ciudad. La percibo ahora, una luz blanca como el sol del desierto. Tienes fortaleza, Elena, incluso tal y como eres. Pero podrías ser mucho más fuerte...

Ella lo miró fijamente, sin comprender, sin gustarle el cambio de tema.

—No sé de qué hablas. ¿Y eso qué tiene que ver con Stefan?

—Hablo de Poder, Elena.

De improviso se colocó muy cerca de ella, con los ojos fijos en los de la muchacha, y la voz baja y apremiante.

—Lo has probado todo, y nada te ha dejado satisfecha. Eres la chica que lo tiene todo, pero siempre ha habido algo que ha estado fuera de tu alcance, algo que necesitas desesperadamente y no puedes tener. Eso es lo que te estoy ofreciendo. Poder. Vida eterna. Y sensaciones que no has tenido jamás.

Elena sí lo comprendió entonces, y la cólera ascendió por su garganta. Sintió una asfixiante sensación de horror y rechazo.

—No.

—¿Por qué no? —susurró él—. ¿Por qué no pruebas, Elena? Sé sincera. ¿No hay una parte de ti que lo desea?

Los ojos oscuros del joven estaban llenos de un ardor y una intensidad que la mantenían paralizada, incapaz de desviar la mirada.

—Puedo despertar cosas en tu interior que han permanecido dormidas toda tu vida. Eres bastante fuerte para vivir en la oscuridad y enorgullecerte de ello. Puedes convertirte en una reina de las sombras. ¿Por qué no tomas ese Poder, Elena? Deja que te ayude a tomarlo.

—No —dijo ella, apartando violentamente los ojos de los de él.

No lo miraría, no le permitiría hacerle eso. No le permitiría hacerle olvidar... hacerle olvidar...

—Es el secreto supremo, Elena —insistió él, y su voz era tan acariciadora como las yemas de los dedos que rozaban su garganta—. Serás como no has sido nunca antes.

Había algo terriblemente importante que ella debía recordar. Damon usaba Poder para hacer que lo olvidara, pero no le permitiría hacerla olvidar...

—Y estaremos juntos, tú y yo.

Las frías yemas de los dedos acariciaron el costado de su garganta, deslizándose debajo del cuello del suéter.

—Sólo nosotros dos, para siempre.

Sintió una repentina punzada de dolor cuando los dedos de Damon rozaron dos heridas diminutas en la carne de su cuello, y su mente se aclaró.

Hacerla olvidar... a Stefan.

Eso era lo que él quería expulsar de su mente. El recuerdo de Stefan, de sus ojos verdes y de su sonrisa, que siempre tenía un dejo de tristeza acechando detrás de ella. Pero nada podía arrancar a Stefan de sus pensamientos ya, no después de lo que habían compartido. Se apartó de Damon, haciendo a un lado aquellas frías yemas, y lo miró directamente a la cara.

—Ya encontré lo que quiero —dijo con brutalidad—. Y con quien quiero estar para siempre.

Los ojos de Damon se llenaron de oscuridad en forma de una fría cólera que barrió el aire entre ambos. Al mirar al interior de aquellos ojos, a la mente de Elena acudió la imagen de una cobra a punto de atacar.

—No seas tan estúpida como lo es mi hermano —dijo él—. O tendré que tratarte del mismo modo.

Ahora sí estaba asustada. No podía evitarlo, no con aquel frío recorriendo su interior, helándole los huesos. El viento volvía a soplar, las ramas se agitaban.

—Dime dónde está, Damon.

—¿En este momento? No lo sé. ¿Es que no puedes dejar de pensar en él ni un instante?

—¡No!

Se estremeció, y los cabellos volvieron a azotarle el rostro.

—¿Y ésa es tu respuesta final hoy? Asegúrate de estar totalmente convencida de querer jugar a esto conmigo, Elena. Las consecuencias no son ninguna tontería.

—Estoy segura. —Tenía que detenerlo antes de que volviera a adueñarse de ella—. Y no puedes intimidarme, Damon, ¿o no te has dado cuenta? En cuanto Stefan me contó lo que eras, lo que habías hecho, perdiste cualquier poder que pudieras haber tenido sobre mí. Te odio. Me repugnas. Y no hay nada que puedas hacerme, ya no.

El rostro del joven se alteró, la sensualidad retorciéndose y congelándose, volviéndose cruel y tremendamente dura. Rió, y su risotada resonó una y otra vez.

—¿Nada? —preguntó—. Puedo hacerles cualquier cosa a ti y a los que amas. No tienes ni idea, Elena, de lo que puedo hacer. Pero lo averiguarás.

Retrocedió, y el viento se abrió paso a través de Elena como un cuchillo. Su visión pareció nublarse; era como si partículas de luminosidad inundaran el aire frente a sus ojos.

—Se acerca el invierno, Elena —dijo él, y su voz era nítida y espeluznante, sobreponiéndose al rugido del viento—. Una estación implacable. Antes de que llegue, habrás averiguado qué puedo hacer y qué no. Antes de que el invierno esté aquí, te habrás unido a mí. Serás mía.

La arremolinada blancura la cegaba, y ya no podía ver la masa negra que era la figura de Damon. En aquellos momentos, incluso la voz de Damon se desvanecía. Se abrazó a sí misma, con la cabeza inclinada hacia el frente y todo el cuerpo estremecido. Musitó:

—Stefan...

—Ah, y una cosa más —la voz de Damon regresó a ella—. Me preguntaste antes por mi hermano. No te molestes en buscarlo, Elena. Lo maté anoche.

La cabeza de la muchacha se alzó violentamente, pero no había nada que ver, sólo la mareante blancura que quemaba su nariz y sus mejillas y espesaba sus pestañas. Hasta ese momento, cuando los finos granos se posaron en su piel, no comprendió qué eran: copos de nieve.

Estaba nevando el primero de noviembre. En las alturas, el sol había desaparecido.

2

Un crepúsculo anormal flotaba sobre el abandonado cementerio. La nieve empañaba los ojos de Elena, y el viento entumecía su cuerpo como si hubiera penetrado en una corriente de agua helada. Sin embargo, obstinadamente, no se encaminó hacia el cementerio moderno y la carretera que había más allá. Por lo que podía juzgar, el puente Wickery estaba justo frente a ella. Se dirigió hacia allí.

La policía había encontrado el coche abandonado de Stefan junto a la carretera de Old Creek, y eso significaba que él lo había abandonado en algún lugar entre Drowning Creek y el bosque. Elena dio un traspié en el camino cubierto de maleza que cruzaba el cementerio, pero siguió avanzando, la cabeza agachada, los brazos abrazando el fino suéter contra el cuerpo. Había conocido aquel cementerio toda su vida, y podía orientarse a ciegas en su interior.

Cuando por fin cruzó el puente, sus escalofríos se habían vuelto dolorosos. Ya no nevaba con tanta fuerza, pero el viento era aún más fuerte. Le atravesaba las ropas como si fueran de papel de seda y la dejaba sin aliento.

«Stefan», pensó, y penetró en la carretera de Old Creek, avanzando penosamente en dirección norte. No creía lo que Damon había dicho. Si Stefan estuviera muerto, ella lo sabría. Estaba vivo, en alguna parte, y tenía que encontrarlo. Podía estar en cualquier parte en aquella blancura arremolinada; podía estar herido, congelándose. Intuyó vagamente que había dejado de mostrarse racional, pues todos sus pensamientos se habían reducido a una sola idea: Stefan. Encontrar a Stefan.

Cada vez resultaba más difícil caminar por la carretera. A su derecha había robles, a la izquierda, las rápidas aguas de Drowning Creek. Se tambaleó y aminoró el paso. El viento ya no parecía tan terrible, pero lo cierto era que se sentía muy cansada. Necesitaba sentarse y descansar, sólo un minuto.

Mientras se dejaba caer junto a la carretera, comprendió de improviso lo estúpida que había sido al salir en busca de Stefan. Stefan vendría a ella. Todo lo que tenía que hacer era sentarse allí y esperar. Probablemente él ya estaba en camino.

Cerró los ojos y apoyó la cabeza en las rodillas dobladas. Sentía más calor ahora. Su mente vagó y vio a Stefan, lo vio sonreírle; los brazos del muchacho a su alrededor eran fuertes y firmes, y se relajó, apoyada contra él, contenta de poder liberarse del miedo y la tensión. Estaba en casa. Estaba en el lugar al que pertenecía. Stefan no permitiría que nada la dañara.

Pero entonces, en lugar de abrazarla, Stefan la sacudía. Destrozaba la hermosa serenidad de su descanso. Vio su rostro, pálido y apremiante, sus ojos verdes oscurecidos por el dolor. Intentó decirle que se calmara, pero él no quería escuchar. «Elena, levántate», decía, y ella sintió la persuasiva fuerza de aquellos ojos verdes deseando que lo hiciera. «Elena, levántate ahora...».

14

—¡Elena, levántate! —La voz era aguda, fina y asustada—. ¡Ándale, Elena! ¡Levántate! ¡No podemos cargarte!

Guiñando los ojos, Elena consiguió enfocar un rostro. Era menudo y tenía forma de corazón, con una tez blanca, casi translúcida, enmarcada por suaves rizos rojos. Unos ojos color café muy abiertos, con copos de nieve atrapados en las pestañas, estaban clavados con preocupación en los suyos.

—Bonnie —dijo despacio—. ¿Qué haces aquí?

—Ayudarme a buscarte —dijo una segunda voz, en tono más bajo, al otro lado de Elena.

Ésta volvió ligeramente la cabeza y se encontró con unas cejas elegantemente enarcadas y una tez aceitunada. Los ojos oscuros de Meredith, por lo general tan irónicos, parecían preocupados también.

—Ponte de pie, Elena, a menos que quieras convertirte en una auténtica princesa de hielo.

La nieve la cubría por completo como un abrigo de piel blanca. Con movimientos rígidos, Elena se puso de pie, recostándose pesadamente en las otras dos muchachas, y éstas la condujeron de regreso al coche de Meredith.

Debería haber hecho más calor en el interior del coche, pero las terminaciones nerviosas de Elena empezaban a volver a la vida, provocando que se estremeciera, indicándole lo helada que estaba realmente. «El invierno es una estación implacable», pensó mientras Meredith manejaba.

—¿Qué sucede, Elena? —inquirió Bonnie desde el asiento trasero—. ¿Qué hacías, huyendo de la escuela de ese modo? ¿Y cómo fuiste capaz de venir a este lugar?

Elena vaciló, luego negó con la cabeza. Nada deseaba más que contárselo todo a Bonnie y a Meredith. Contarles toda la aterradora historia sobre Stefan y Damon y lo que le había ocurrido realmente la noche anterior al señor Tanner... y lo sucedido después. Pero no podía. Incluso aunque ellas lo pudieran creer, no tenía derecho a contar aquel secreto.

—Todo el mundo ha salido en tu busca —dijo Meredith—. Toda la escuela está trastornada, y tu tía estaba casi frenética.

—Lo siento —respondió Elena en tono apagado, intentando detener sus violentos escalofríos.

Giraron en la calle Maple y se detuvieron frente a su casa. La tía Judith aguardaba dentro con cobijas calientes.

—Sabía que si te encontraban, estarías medio congelada —dijo con un tono de voz resueltamente jovial mientras alargaba los brazos hacia Elena—. ¡Está nevando el día después de Halloween! Casi no puedo creerlo. ¿Dónde la encontraron, chicas?

—En la carretera de Old Creek, pasado el puente —respondió Meredith.

El delgado rostro de la tía Judith perdió su color.

—¿Cerca del cementerio? ¿Donde tuvieron lugar los ataques? Elena, ¿cómo pudiste?... —Su voz se apagó al mirar a la muchacha—. No diremos nada más al respecto en estos momentos —dijo, intentando recuperar su actitud jovial—. Vamos a quitarte esas ropas húmedas.

—Tengo que volver a salir una vez que esté seca —declaró Elena.

Su cerebro volvía a funcionar, y una cosa estaba clara: no había visto en realidad a Stefan allí afuera; había sido un sueño. Stefan seguía desaparecido.

—No tienes que hacer nada de eso —replicó Robert, el prometido de la tía Judith.

Elena apenas había reparado en él, de pie, a un lado, hasta ese momento. Pero su tono de voz no admitía discusión.

—La policía está buscando a Stefan; vas a dejar que hagan su trabajo —finalizó.

—La policía piensa que mató al señor Tanner. Pero él no lo hizo. ¿Ustedes lo saben, no es cierto?

Mientras la tía Judith le quitaba el empapado suéter, Elena paseó la mirada de un rostro a otro en busca de ayuda, pero todos tenían la misma expresión.

—Seguro que saben que no lo hizo —repitió, casi con desesperación.

Hubo un silencio.

—Elena —dijo Meredith finalmente—, nadie quiere pensar que lo hizo. Pero..., bueno, resulta muy sospechoso que huyera de ese modo.

—No huyó. ¡No lo hizo! ¡Él no...!

—Elena, cálmate —intervino la tía Judith—. No te excites. Creo que debes de estar enferma. Hacía mucho frío ahí afuera, y sólo dormiste unas pocas horas anoche... —Posó una mano sobre la mejilla de su sobrina.

De repente, todo aquello fue demasiado para Elena. Nadie le creía, ni siquiera sus amigos y su familia. En aquel momento se sintió rodeada de enemigos.

—No estoy enferma —gritó, apartándose—. Y no estoy loca, tampoco..., piensen lo que piensen. Stefan no huyó y no mató al señor Tanner, y no me importa si ninguno de ustedes me cree...

Calló de pronto, atragantándose. La tía Judith empezó a hacer toda clase de aspavientos a su alrededor, haciéndola subir a toda prisa la escalera, y ella se dejó llevar. Pero se negó a acostarse cuando su tía sugirió que debía de estar cansada. En lugar de ello, una vez que hubo entrado en calor, se sentó en el sofá de la salita junto a la chimenea, envuelta en cobijas. El teléfono no dejó de sonar en toda la tarde, y oyó a tía Judith hablando con amigas, con vecinas, con los de la escuela, asegurándole a todo el mundo que Elena estaba perfectamente. La... la tragedia de la noche anterior la había alterado un poco, eso era todo, y parecía tener algo de fiebre. Pero estaría como nueva después de un poco de descanso.

Meredith y Bonnie se sentaron a hacerle compañía.

—¿Quieres hablar? —preguntó Meredith en voz baja.

Elena negó con la cabeza, mirando fijamente al fuego. Todos estaban contra ella. Y su tía Judith se equivocaba: no estaba perfectamente. No estaría perfectamente hasta que localizara a Stefan.

Matt pasó por allí, con la nieve espolvoreando sus cabellos rubios y su impermeable azul oscuro. Cuando entró en la habitación, Elena alzó la mirada para contemplarlo esperanzada. El día anterior, Matt había ayudado a salvar a Stefan, cuando el resto de la escuela había querido lincharlo. Pero hoy él devolvió a su esperanzada mirada otra de sobrio pesar, y la inquietud que aparecía en sus ojos azules era sólo por ella.

La decepción fue insoportable.

—¿Qué haces aquí? —inquirió Elena—. ¿Mantener tu promesa de «cuidar de mí»?

Hubo un destello de dolor en los ojos del joven; pero la voz de Matt sonó ecuánime.

—Ésa es una parte, quizá. Pero intentaría cuidar de ti de todos modos, sin importar lo que prometí. He estado preocupado por ti. Escucha, Elena...

Ella no estaba de humor para escuchar a nadie.

—Bueno, pues estoy muy bien, gracias. Pregúntale a cualquiera aquí. Así que ya puedes dejar de preocuparte. Además, no veo por qué deberías mantener una promesa hecha a un asesino.

Sobresaltado, Matt miró a Meredith y a Bonnie. Luego meneó la cabeza en un gesto de impotencia.

—No estás siendo justa.

Elena no estaba de humor para ser justa, tampoco.

—Ya te lo dije, ya puedes dejar de preocuparte por mí, y por mis cosas. Estoy perfectamente, gracias.

La sugerencia era evidente. Matt giró hacia la puerta justo cuando la tía Judith aparecía con sándwiches.

—Lo siento, tengo que irme —dijo él, dirigiéndose a toda prisa hacia la puerta y saliendo sin voltear la cabeza.

Meredith, Bonnie, la tía Judith y Robert intentaron mantener una conversación mientras comían una cena temprana junto a la chimenea. Elena fue incapaz de comer y no quiso hablar. La única persona que no se sentía abatida era la hermana menor de Elena, Margaret. Con un optimismo propio de una criatura de cuatro años, se acurrucó junto a Elena y le ofreció algunos de sus dulces de Halloween.

Elena abrazó con fuerza a su hermana, presionando su rostro contra los cabellos de color rubio pálido de Margaret durante un momento. Si Stefan hubiera podido llamarla o hacerle llegar un mensaje, ya lo habría hecho a aquellas horas. Nada en el mundo se lo habría impedido, a menos que estuviera muy malherido o atrapado en alguna parte, o...

No quería permitirse pensar en aquel último «o». Stefan estaba vivo; tenía que estar vivo. Damon era un mentiroso.

Pero Stefan estaba en peligro, y ella debía encontrarlo de algún modo. Aquello la mantuvo preocupada durante toda la velada, mientras intentaba desesperadamente trazar algún plan. Una cosa estaba clara: tendría que arreglárselas sola. No podía confiar en nadie.

Oscureció. Elena cambió de postura en el sofá y forzó un bostezo.

—Estoy cansada —dijo con voz queda—. Quizá sí estoy enferma, después de todo. Creo que iré a acostarme.

Meredith la miraba de un modo penetrante.

—Estaba pensando, señorita Gilbert —dijo, volteando la cabeza hacia la tía Judith—, que tal vez Bonnie y yo deberíamos quedarnos a dormir. Para hacerle compañía a Elena.

—Qué buena idea —respondió la tía Judith, complacida—. Siempre y cuando a sus padres no les importe, me encantaría que se quedaran.

—Hay un largo trayecto hasta Herron, creo que yo también me quedaré —dijo Robert—. Puedo tumbarme aquí en el sofá.

La tía Judith objetó que había gran cantidad de habitaciones de invitados arriba, pero Robert se mostró categórico. El sofá le serviría perfectamente, declaró.

Después de mirar una vez desde el sofá hacia el vestíbulo, donde la puerta de la calle quedaba totalmente a la vista, Elena se quedó sentada muy rígida. Lo habían planeado entre ellos, o al menos estaban todos de acuerdo ahora. Se estaban asegurando de que no abandonaría la casa.

Cuando salió del cuarto de baño un poco más tarde, envuelta en su kimono de seda roja, encontró a Meredith y a Bonnie sentadas en su cama.

—Bien, hola, Rosencrantz y Guildenstern —saludó con amargura.

Bonnie, que había tenido un aspecto deprimido, se mostró ahora alarmada. Dirigió una mirada dubitativa a Meredith.

—Sabe quiénes somos. Se refiere a que piensa que somos espías de su tía —tradujo Meredith—. Elena, deberías darte cuenta de que no lo somos. ¿Es que no puedes confiar un poco en nosotras?

—No lo sé. ¿Puedo?

—Sí, porque somos tus amigas.

Antes de que Elena pudiera moverse, Meredith saltó de la cama y cerró la puerta. Después volteó para mirar a Elena.

—Ahora, por una vez en tu vida, escúchame, pequeña idiota. Es cierto que no sabemos qué pensar sobre Stefan. Pero no te das cuenta de que eso es por culpa tuya. Desde el momento en que empezaron a estar juntos, nos has estado dejando fuera. Han sucedido cosas de las que no nos has hablado. Al menos no nos has contado toda la historia. Pero a pesar de eso, pese a todo, nosotras seguimos confiando en ti. Todavía nos importas. Todavía te respaldamos, Elena, y queremos ayudar. Y si no puedes ver eso, entonces es que realmente estás ciega.

Lentamente, la mirada de Elena pasó del rostro oscuro y apasionado de Meredith a la cara pálida de Bonnie. Ésta asintió.

—Es cierto —dijo, pestañeando con fuerza como si quisiera contener las lágrimas—. Incluso aunque te disgustemos, nosotras todavía te queremos.

Elena sintió que sus propios ojos se llenaban de lágrimas y que su expresión severa se desmoronaba. Entonces Bonnie abandonó la cama, y todas se abrazaron, y Elena descubrió que no podía contener las lágrimas que corrían por su rostro.

—Lamento no haber hablado con ustedes —dijo—. Sé que no lo comprenden, y ni siquiera puedo explicar por qué no puedo contarles todo. Simplemente, no puedo. Pero hay una cosa que puedo decirles. —Dio un paso atrás, secándose las mejillas, y las miró muy seria—. No importa lo concluyentes que parezcan las pruebas contra Stefan, él no mató al señor Tanner. Sé que no lo hizo, porque sé quién lo hizo. Y es la misma persona que atacó a Vickie y al anciano debajo del puente. Y... —se detuvo y meditó un momento— y, ¡ah, Bonnie!, creo que también mató a *Yangtzé*.

—¿*Yangtzé?* —Los ojos de Bonnie se abrieron sorprendidos—. Pero ¿por qué querría matar a un perro?

—No lo sé, pero él estaba allí esa noche, en tu casa. Y estaba... enojado. Lo siento, Bonnie.

Bonnie sacudió la cabeza, aturdida, y Meredith dijo:

—¿Por qué no se lo cuentas a la policía?

La risa de Elena resultó ligeramente histérica.

—No puedo. No es algo de lo que ellos puedan ocuparse. Y ésa es otra cosa que no puedo explicar. Dicen que todavía confían en mí; bueno, pues simplemente tendrán que confiar en mí respecto a eso.

Bonnie y Meredith se miraron entre sí, después a la colcha, donde los nerviosos dedos de Elena jalaban un hilo del bordado. Finalmente, Meredith dijo:

—De acuerdo. ¿Qué podemos hacer para ayudar?

—No lo sé. Nada, a menos que... —Elena se detuvo y miró a Bonnie—. A menos que —dijo con un tono de voz distinto— tú puedas ayudarme a encontrar a Stefan.

Los ojos color café de Bonnie se mostraron genuinamente perplejos.

—¿Yo? Pero ¿qué puedo hacer yo?

Entonces, al oír cómo Meredith inhalaba con fuerza, añadió:

—Ah. ¡Ah!

—Tú sabías dónde estaba yo aquel día que fui al cementerio —dijo Elena—. Y tú incluso predijiste la llegada de Stefan a nuestra escuela.

—Pensaba que no creías en toda esa cosa psíquica —indicó Bonnie con voz débil.

—He aprendido una o dos cosas desde entonces. De todos modos, estoy dispuesta a creer realmente cualquier cosa que ayude a Stefan. Si existe la menor posibilidad de que lo vaya a ayudar.

Bonnie se iba encorvando, como si intentara que su ya menuda figura se volviera lo más pequeña posible.

—Elena, no lo comprendes —respondió, desconsolada—. No he recibido preparación; no es algo que puedo controlar. Y... no es un juego, ya no. Cuanto más usas esos poderes, más te usan ellos a ti. Al final pueden acabar usándote todo el tiempo, quieras o no. Es peligroso.

Elena se levantó y fue hasta el tocador de madera de cerezo, mirándolo sin verlo. Finalmente, se dio la vuelta.

—Tienes razón; no es un juego. Y creo que puede ser peligroso. Pero tampoco es un juego para Stefan. Bonnie, creo que está ahí afuera, en alguna parte, muy malherido. Y no hay nadie para ayudarlo; nadie lo busca siquiera, excepto sus enemigos. Podría estar muriendo en estos momentos. Puede... puede incluso que esté... —Se le hizo un nudo en la garganta.

Inclinó la cabeza sobre el tocador y se obligó a aspirar profundamente, intentando tranquilizarse. Cuando alzó los ojos, vio que Meredith miraba a Bonnie.

Bonnie irguió los hombros, sentándose todo lo tiesa que pudo. Su barbilla se alzó y su boca mostró una expresión decidida. Y en sus ojos castaños, normalmente dulces, brilló una lucecita sombría al encontrarse con los de Elena.

—Necesitamos una vela —fue todo lo que dijo.

El cerillo raspó y lanzó chispas en la oscuridad, y a continuación la llama de la vela ardió fuerte y luminosa, proporcionándole un resplandor dorado al pálido rostro de Bonnie cuando ésta se inclinó sobre ella.

23

—Voy a necesitar que las dos me ayuden a concentrarme —dijo—. Miren al interior de la llama y piensen en Stefan. Visualícenlo mentalmente. No importa lo que suceda, sigan mirando la llama. Y hagan lo que hagan, no digan nada.

Elena asintió, y en seguida el único sonido en la habitación fueron unas respiraciones quedas. La llama parpadeó y danzó, arrojando figuras luminosas sobre las tres muchachas sentadas con las piernas cruzadas alrededor de ella. Bonnie, con los ojos cerrados, respiraba profunda y lentamente, como alguien que empieza a dormirse poco a poco.

«Stefan», pensó Elena, contemplando la llama a la vez que intentaba poner toda su voluntad en el pensamiento. Lo recreó mentalmente, usando todos sus sentidos, evocándolo para que acudiera a ella. La aspereza de su suéter de lana bajo su mejilla, el olor de su chamarra de piel, la fuerza de sus brazos a su alrededor. «Ah, Stefan...».

Las pestañas de Bonnie aletearon, y su respiración se aceleró, como un durmiente que tiene una pesadilla. Elena mantuvo con decisión la mirada fija en la llama, pero cuando Bonnie rompió el silencio, un escalofrío ascendió por su espalda.

Al principio fue sólo un gemido, el sonido de alguien que siente dolor. Luego, cuando Bonnie echó la cabeza hacia atrás bruscamente, la respiración, surgiendo en cortos estallidos, se convirtió en palabras.

—Sola... —dijo, y calló, y Elena se clavó las uñas en las manos—. Sola... en la oscuridad —siguió Bonnie, y su voz era distante y torturada.

Hubo otro silencio, y después la muchacha empezó a hablar rápidamente.

—Está oscuro y hace frío. Y estoy sola. Hay algo detrás de mí..., irregular y duro. Rocas. Antes me lastimaban, pero no ahora. Estoy entumecida ahora por el frío. Tanto frío... —Bonnie se retorció, como si intentara alejarse de algo, y luego rió, una carcajada espantosa que era casi un sollozo—. Es... curioso. Jamás pensé que desearía tanto ver el sol. Pero siempre está oscuro aquí. Y frío. El agua hasta el cuello, como hielo. Esto es curioso, también. Agua por todas partes... y yo muriéndome de sed. Tan sedienta... duele...

Elena sintió que algo le oprimía el corazón. Bonnie estaba dentro de los pensamientos de Stefan, ¿y quién sabía lo que podría descubrir allí? «Stefan, dinos donde estás —pensó con desesperación—. Mira a tu alrededor. Dime lo que ves».

—Sedienta. Necesito... ¿vida? —La voz de Bonnie sonó dubitativa, como si no estuviera segura de cómo traducir algún concepto—. Soy débil. Él dijo que siempre seré la más débil. Él es fuerte..., un asesino. Pero eso es lo que yo soy, también. Maté a Katherine; quizá merezco morir. ¿Por qué no rendirse...?

—¡No! —gritó Elena sin poder contenerse.

En aquel momento, lo olvidó todo excepto el dolor de Stefan.

—Stefan...

—¡Elena! —exclamó abruptamente Meredith al mismo tiempo.

Pero la cabeza de Bonnie cayó hacia el frente, el flujo de palabras interrumpido. Horrorizada, Elena advirtió lo que había hecho.

—Bonnie, ¿estás bien? ¿Puedes volver a encontrarlo? No fue mi intención...

La cabeza de Bonnie se alzó. Tenía los ojos abiertos ahora, pero no miraban ni a la vela ni a Elena. Miraban directo hacia el frente, sin expresión. Cuando habló, su voz estaba distorsionada, y a Elena se le paró el corazón; no era la voz de Bonnie, pero era una voz que Elena reconoció. La había oído surgiendo de los labios de su amiga en otra ocasión, en el cementerio.

—Elena —dijo la voz—, no vayas al puente. Es la Muerte, Elena. Tu muerte te aguarda allí —entonces la cabeza de Bonnie se desplomó hacia el frente.

Elena la agarró por los hombros y la sacudió.

—¡Bonnie! —casi gritó—. ¡Bonnie!

—Qué... ah, no. Suéltame.

La voz de Bonnie era débil y temblorosa, pero era la suya. Todavía doblada sobre sí misma, se llevó una mano a la frente.

—Bonnie, ¿te sientes bien?

—Eso creo..., sí. Pero fue tan extraño... —Su tono de voz se volvió más grave y alzó los ojos, parpadeando—. ¿Qué quiere decir eso, Elena, de ser un asesino?

—¿Recuerdas eso?

—Lo recuerdo todo. No puedo describirlo; fue horrible. Pero ¿qué significaba eso?

—Nada —respondió Elena—. Tiene alucinaciones, eso es todo.

—¿Tiene? —interrumpió Meredith—. Entonces, ¿realmente crees que ella se conectó con Stefan?

Elena asintió, con los ojos doloridos y ardientes mientras desviaba la mirada.

—Sí; creo que era Stefan. Tenía que serlo. Y creo que ella incluso nos dijo dónde está. Debajo del puente Wickery, en el agua.

3

Bonnie la miró atónita.

—No recuerdo nada sobre el puente. No se parecía a un puente.

—Pero lo dijiste tú misma, al final. Creí que recordabas... —La voz de Elena se apagó—. No recuerdas esa parte —dijo, categórica.

No fue una pregunta.

—Recuerdo estar sola, en algún lugar frío y oscuro, y sentirme débil... y sedienta. ¿O era hambrienta? No lo sé, pero necesitaba... algo. Y casi quería morir. Y entonces me despertaste.

Elena y Meredith intercambiaron una mirada.

—Y después de eso —le dijo Elena a Bonnie— dijiste una cosa más, con una voz extraña. Dijiste que no nos acercáramos al puente.

—Te dijo a ti que no te acercaras al puente —corrigió Meredith—. A ti en particular, Elena. Dijo que la Muerte aguardaba.

—No me importa qué está aguardando —declaró Elena—. Si es ahí donde está Stefan, ahí es adonde voy a ir.

—Entonces es adonde vamos a ir todas —dijo Meredith.

Elena vaciló.

—No puedo pedirles que hagan eso —dijo lentamente—. Podría existir peligro... de una clase que no conocen. Podría ser mejor que fuera sola.

—¿Estás bromeando? —inquirió Bonnie, irguiendo la barbilla—. Nosotras amamos el peligro. Quiero ser joven y hermosa en mi sepultura, ¿recuerdas?

—No digas eso —se apresuró a decir Elena—. Fuiste tú quien dijo que no era un juego.

—Y tampoco lo es para Stefan —les recordó Meredith—. No le estamos haciendo mucho bien quedándonos aquí paradas.

Elena se despojaba ya de su kimono, dirigiéndose al clóset.

—Será mejor que nos abriguemos. Llévense cualquier cosa que quieran para no pasar frío —dijo.

Una vez que estuvieron más o menos ataviadas para el frío que hacía, Elena volteó hacia la puerta. Entonces se detuvo.

—Robert —dijo—. No hay modo de que podamos pasar hasta la puerta principal sin que nos vea, incluso aunque esté dormido.

Las tres giraron simultáneamente para contemplar la ventana.

—Vaya, maravilloso —dijo Bonnie.

Mientras trepaban hacia fuera y pasaban al árbol de membrillo, Elena advirtió que había dejado de nevar. Pero el aire cortante contra su mejilla le recordó las palabras de Damon. «El invierno es una estación implacable», pensó, y se estremeció.

Todas las luces de la casa estaban apagadas, incluidas las de la sala. Robert debía de haberse acostado ya. Por si acaso, Elena contuvo la respiración mientras pasaban sigilosamente

28

frente a las oscuras ventanas. El coche de Meredith estaba un poco más abajo, en la calle. En el último minuto, Elena decidió agarrar una cuerda y abrió sin hacer ruido la puerta posterior que daba al garaje. La corriente era fuerte en Drowning Creek, y el trayecto podía ser peligroso.

El viaje en coche hasta las afueras del poblado fue tenso. Cuando pasaron por el lindero del bosque, Elena recordó el modo en que las hojas se le habían lanzado encima en el cementerio. Especialmente, las hojas de roble.

—Bonnie, ¿tienen algún significado especial los robles? ¿Dijo alguna vez algo sobre ellos tu abuela?

—Bueno, eran sagrados para los druidas. Todos los árboles lo eran, pero los robles eran los más sagrados. Pensaban que el espíritu de los árboles les proporcionaba poder.

Elena digirió aquello en silencio. Cuando llegaron al puente y salieron del coche, les dedicó a los robles del lado derecho de la carretera una mirada inquieta. Pero la noche era despejada y extrañamente tranquila, y ninguna brisa agitaba las hojas secas de las ramas.

—Vigilen por si ven un cuervo —les dijo a Bonnie y Meredith.

—¿Un cuervo? —inquirió Meredith con brusquedad—. ¿Como el cuervo que había afuera de la casa de Bonnie la noche en que *Yangtzé* murió?

—La noche en que mataron a *Yangtzé*. Sí.

Elena se acercó a las oscuras aguas de Drowning Creek sintiendo que el corazón le latía a toda velocidad. No obstante su nombre, no era un arroyo, sino un río de aguas rápidas con orillas formadas por arcilla. Sobre él se alzaba el puente Wickery, una construcción de madera construida hacía casi un siglo. En el pasado había sido bastante resistente para soportar el paso de los carros; en la actualidad no era más que un puente peatonal que nadie usaba porque quedaba demasiado alejado. Era un lugar desolado, solitario y poco amistoso, se dijo Elena. Por aquí y por allá se veían retazos de nieve en el suelo.

No obstante sus valerosas palabras de antes, Bonnie se iba quedando atrás.

—¿Recuerdan la última vez que pasamos sobre este puente? —preguntó.

«Demasiado bien», pensó Elena. La última vez que lo habían cruzado, las había perseguido... algo... desde el cementerio. O alguien, se dijo.

—Aún no vamos a pasar sobre él —dijo—. Primero tenemos que mirar debajo, por este lado.

—Donde encontraron al anciano con el cuello desgarrado —rezongó Meredith, pero la siguió.

Los faros del automóvil iluminaban sólo una pequeña porción de la orilla situada debajo del puente, y a medida que se alejaba de la estrecha línea de luz, Elena sintió un nauseabundo estremecimiento de aprensión. La Muerte aguardaba, había dicho la voz. ¿Estaba la Muerte allí debajo?

Sus pies resbalaron en las piedras mojadas y cubiertas de impurezas. Todo lo que oía era el correr del agua y su eco hueco, procedente del puente que tenía sobre su cabeza. Y aunque forzó la vista, todo lo que pudo ver en la oscuridad fue la ribera descarnada y los soportes del puente.

—¿Stefan? —susurró, y casi se alegró de que el ruido del agua ahogara sus palabras.

Se sentía como una persona gritándole «¿Quién está ahí?» a una casa vacía, pero a la vez temerosa de lo que pudieran contestarle.

—Esto no me late —dijo Bonnie detrás de ella.

—¿Qué quieres decir?

Bonnie miraba a su alrededor, sacudiendo la cabeza ligeramente y con el cuerpo tenso por la concentración.

—Simplemente, da la sensación de que algo está mal. Yo no..., bueno, para empezar, no oí el río antes. No podía oír nada, sólo un silencio total.

El desaliento hizo que a Elena se le hiciera pedazos el alma. Parte de ella sabía que su amiga tenía razón, que Stefan no estaba en aquel lugar agreste y solitario. Pero otra parte de ella estaba demasiado asustada para escuchar.

—Tenemos que averiguar —dijo venciendo la opresión de su pecho, y se adentró más en la oscuridad, adivinando el camino, porque no veía nada.

Pero por fin tuvo que admitir que no había la menor señal de que allí hubiera estado alguien recientemente. Ninguna señal de una cabeza morena en el agua, tampoco. Se limpió las frías manos embarradas en el pantalón de mezclilla.

—Podemos revisar el otro lado del puente —dijo Meredith, y Elena asintió mecánicamente.

Pero no necesitaba ver la expresión de Bonnie para saber qué encontrarían. Aquél era el lugar equivocado.

—Es mejor que salgamos de aquí —dijo mientras trepaba por entre la vegetación hacia la línea de luz que estaba más allá del puente. Pero cuando llegaba a ella, Elena se detuvo en seco.

—¡Oh, cielos...! —exclamó Bonnie en voz baja.

—Retrocedan —susurró Meredith—. Péguense a la orilla.

Claramente recortada en los faros del coche situado por encima de ellas, había una figura negra. Elena, que la miraba fijamente con el corazón latiéndole con furia, no consiguió distinguir nada excepto que se trataba de un varón. El rostro estaba en sombras, pero ella tuvo una sensación horrenda.

Se movía hacia ellas.

Agachándose fuera de su vista, Elena se acurrucó hacia atrás en la embarrada orilla que había debajo del puente, apretándose contra ella todo lo que pudo. Sentía a Bonnie temblando detrás de ella, y los dedos de Meredith se clavaron en su brazo.

No podían ver nada desde allí, pero de improviso sonaron unas fuertes pisadas en el puente. Sin apenas atreverse a respirar, se aferraron unas a otras, con los rostros levantados. Las fuertes pisadas resonaron sobre las tablas de madera, alejándose de ellas.

«Por favor, que siga caminando —pensó Elena—. Oh, por favor...».

Se clavó los dientes en el labio, y entonces Bonnie lloriqueó en voz baja, su mano helada sujetando con fuerza la de Elena. Las pisadas regresaban.

«Debería salir —pensó Elena—. Es a mí a quien quiere, no a ellas. Lo dijo. Debería salir y enfrentarme a él, y a lo mejor dejará que Bonnie y Meredith se vayan». Pero la ardiente cólera que la había sustentado aquella mañana se había convertido en cenizas ahora. Ni con toda su fuerza de voluntad podía hacer que su mano soltara la de Bonnie, no podía salir de allí.

Las pisadas sonaron justo encima de ellas. Después hubo un silencio, seguido por un sonido de algo que se deslizaba por la orilla.

«No», pensó Elena, con el cuerpo dominado por el miedo. Estaba descendiendo. Bonnie gimió y enterró la cabeza en el hombro de Elena, y Elena sintió que todos sus músculos se tensaban cuando vio movimiento —pies, piernas— surgir de la oscuridad. «No...».

—¿Qué están haciendo ahí abajo?

La mente de Elena se negó a procesar la información al principio. Seguía presa del pánico, y casi gritó cuando Matt dio otro paso hacia abajo y atisbó debajo del puente.

—¿Elena? ¿Qué están haciendo? —volvió a preguntar.

La cabeza de Bonnie se alzó bruscamente y Meredith soltó una bocanada de aire, aliviada. La misma Elena sintió como si sus rodillas fueran a doblarse.

—Matt —dijo; fue todo lo que consiguió pronunciar.

Bonnie fue más expresiva.

—¿Qué crees que estás haciendo? —dijo, alzando cada vez más la voz—. ¿Intentar provocarnos un ataque al corazón? ¿Qué estás haciendo tú por ahí a estas horas de la noche?

Matt introdujo una mano en el bolsillo, haciendo tintinear las monedas que contenía. Mientras ellas emergían de debajo del puente, clavó la mirada a lo lejos por encima del río.

—Las seguí.

—¿Qué? —preguntó Elena.

De mala gana, el muchacho se volteó a mirarla.

—Las seguí —repitió, los hombros rígidos—. Imaginé que hallarías el modo de eludir a tu tía y volver a salir. Así que me senté en el carro al otro lado de la calle y vigilé tu casa. Efectivamente, las tres salieron descendiendo por la ventana. Entonces las seguí hasta aquí.

Elena no sabía qué decir. Estaba enojada y, desde luego, él probablemente lo había hecho sólo para mantener la promesa que le había hecho a Stefan. Pero la idea de que Matt estuvo sentado allí afuera en su viejo y destrozado Ford, probablemente helándose de frío y sin cenar..., le provocó una extraña punzada sobre la que no quiso pensar demasiado.

El joven volvía a mirar al río. Se acercó más a él y le habló en voz baja.

—Lo siento, Matt —dijo—. Me refiero al modo en que actué allá en la casa y... respecto...

Buscó torpemente las palabras durante un minuto y después se dio por vencida. «Respecto a todo», pensó desesperadamente.

—Bueno, lamento haberlas asustado hace un momento. —Dio media vuelta con energía para mirarla, como si eso saldara la cuestión—. Ahora, ¿podrías decirme, por favor, qué están haciendo?

—Bonnie pensó que Stefan podría estar aquí.

—No lo hice —dijo Bonnie—. Dije exactamente que era el lugar equivocado. Estamos buscando un lugar silencioso, sin ruidos y encerrado. —le explicó a Matt.

Matt la miró con cautela, como si pudiera morder.

—Seguro que lo hiciste —dijo.

—Había rocas a mi alrededor, pero no como estas rocas del río.

—Oh, no, desde luego que no lo eran. —Miró de reojo a Meredith, que se apiadó de él.

—Bonnie tuvo una visión —explicó.

Matt retrocedió un poco, y Elena pudo ver su perfil bajo la luz de los faros. Por su expresión, la muchacha se dio cuenta de que el joven no sabía si retirarse o agarrarlas a todas y llevarlas al manicomio más cercano.

—No es ninguna broma —dijo—. Bonnie es médium, Matt. Ya sé que siempre dije que no creía en esa clase de cosas, pero estaba equivocada. No sabes hasta qué punto estaba equivocada. Esta noche, ella..., ella se conectó con Stefan de algún modo y consiguió una fugaz visión del lugar donde está.

Matt aspiró largo y profundo.

—Entiendo. De acuerdo...

—¡No me des el avión! No soy idiota, Matt, y te aseguro que esto es cierto. Ella estuvo allí, con Stefan; sabía cosas que sólo él podía saber. Y vio el lugar en el que está atrapado.

—Atrapado —dijo Bonnie—. Eso es. Definitivamente, no era un lugar abierto como un río. Pero había agua, agua que me llegaba hasta el cuello. Su cuello. Y paredes de roca alrededor, cubiertas con musgo espeso. El agua estaba helada y quieta, y olía mal.

—Pero ¿qué fue lo que realmente viste? —preguntó Elena.

—Nada. Era como estar ciega. En cierto modo supe que de haber el más tenue rayo de luz podría ver, pero no lograba haccerlo. Estaba oscuro como una tumba.

—Como una tumba...

Helados escalofríos recorrieron el cuerpo de Elena. Pensó en la iglesia en ruinas sobre la colina, encima del cementerio. Había una tumba allí, una tumba que ella creía haber abierto en una ocasión.

—Pero una tumba no tendría tanta agua —decía Meredith en aquel momento.

—No..., pero no tengo la menor idea de dónde podría ser entonces —dijo Bonnie—. Stefan no estaba realmente en sus cinco sentidos; estaba muy débil y malherido. Y tan sediento...

Elena abrió la boca para impedir que Bonnie siguiera hablando, pero justo entonces intervino Matt.

—Les diré a qué me suena a mí —dijo.

Las tres muchachas miraron al joven, que permanecía un poco apartado del grupo, como alguien que escucha sin ser invitado. Casi se habían olvidado de él.

—¿Ajá? —inquirió Elena.

—Pues —replicó él— a mí me suena como si fuera un pozo.

Elena pestañeó, sintiendo el entusiasmo despertar en ella.

—¿Bonnie?

—Sí, podría ser —respondió lentamente la aludida—. El tamaño y las paredes, y todo, resultarían correctos. Pero un pozo está abierto; debería haber podido ver las estrellas.

—No si estuviera tapado —indicó Matt—. Un gran número de las viejas granjas de por aquí tienen pozos que ya no se usan, y algunos granjeros los tapan para asegurarse de que los niños no caigan adentro. Mis abuelos lo hacen.

Elena no consiguió contener su nerviosismo por más tiempo.

—Eso podría ser. Tiene que serlo. Bonnie, recuerda, dijiste que estaba siempre oscuro allí.

—Sí, y lo cierto es que producía cierta sensación de estar bajo tierra.

Bonnie también se mostraba nerviosa, pero Meredith la interrumpió con una pregunta tajante.

—¿Cuántos pozos crees que hay en Fell's Church, Matt?

—Docenas, probablemente —respondió él—. Pero tapados, no tantos. Y si están sugiriendo que alguien arrojó a Stefan en uno, entonces no debió ser en ningún lugar donde la gente pudiera verlo. Probablemente se trata de un lugar abandonado.

—Y encontraron su carro en esta carretera —dijo Elena.

—La vieja finca Francher —dijo Matt.

Todos se miraron entre sí. La granja Francher había estado en ruinas y abandonada desde que se tenía memoria de ello. Se alzaba en medio del bosque, que se había adueñado de ella hacía casi más de un siglo.

—Vamos allá —añadió Matt con sencillez.

Elena posó una mano en su brazo.

—¿Crees que...?

Él desvió la mirada un instante.

—No sé qué creer —dijo por fin—. Pero voy a ir.

Se separaron y abordaron ambos coches, Matt con Bonnie al frente y Meredith detrás con Elena. Matt tomó una senda en desuso que se internaba en el bosque, hasta que ésta desapareció.

—A partir de aquí tendremos que caminar —anunció.

Elena se alegró de haber pensado en traer una cuerda; la necesitarían si Stefan estaba realmente en el pozo Francher. Y si no estaba...

No quería permitirse pensar en eso.

Resultaba difícil avanzar por el bosque, en especial en la oscuridad. La vegetación era espesa y las ramas secas se alargaban para atraparlos. Mariposas nocturnas revoloteaban a su alrededor, rozando la mejilla de Elena con alas invisibles.

Finalmente, llegaron a un claro. Se podían ver los cimientos de la vieja casa, las piedras del edificio sujetas ahora a la tierra por la maleza y los matorrales. En su mayor parte, la chimenea seguía intacta, con lugares huecos allí donde el cemento la había sujetado, como un monumento que se desmoronaba.

—El pozo debe de estar en algún lugar de la parte posterior —indicó Matt.

Fue Meredith quien lo encontró y llamó a los demás. Se congregaron a su alrededor y contemplaron el bloque plano y cuadrado de piedra colocado casi a ras del suelo.

Matt se inclinó y examinó la tierra y la hierba circundante.

—La removieron recientemente —dijo.

Fue en ese momento cuando el corazón de Elena empezó a latir violentamente de verdad; incluso podía sentirlo resonando en su garganta y en las yemas de los dedos.

—Vamos a levantar la tapa —dijo con una voz que era apenas un susurro.

La losa de piedra era tan pesada, que Matt ni siquiera pudo

moverla. Finalmente, los cuatro juntos empujaron, impulsándose contra el suelo situado detrás, hasta que, con un gemido, el bloque se movió apenas un centímetro. En cuanto hubo un pequeño resquicio entre la piedra y el pozo, Matt usó una rama seca para hacer palanca y ampliar la abertura. Luego todos volvieron a empujar.

Cuando obtuvieron un orificio lo bastante grande para introducir la cabeza y los hombros, Elena se inclinó hacia abajo, mirando al interior. Casi temía tener esperanzas.

—¿Stefan?

Los segundos siguientes, suspendida sobre la negra abertura, mirando abajo hacia la oscuridad, sin oír otra cosa que los ecos de guijarros perturbados por su movimiento, resultaron una agonía. Luego, increíblemente, se escuchó otro sonido.

—¿Quién...? ¿Elena?

—¡Ah, Stefan! —El alivio la enloqueció—. ¡Sí! Estoy aquí, estamos aquí, y vamos a sacarte. ¿Estás bien? ¿Estas herido?

Lo único que le impidió arrojarse ella misma al interior fue Matt, que la agarraba por detrás.

—Stefan, aguanta, tenemos una cuerda. Dime que estás bien.

Hubo un sonido quedo, casi irreconocible, pero Elena supo qué era. Una carcajada. La voz de Stefan era un hilillo, pero inteligible.

—He... estado mejor —dijo—. Pero estoy... vivo. ¿Quién está contigo?

—Soy yo. Matt —contestó Matt, soltando a Elena.

El muchacho se inclinó también sobre el agujero. Elena, con una euforia casi delirante, reparó en que mostraba una expresión algo aturdida.

—Y están Meredith y Bonnie, que nos doblará unas cuantas cucharas la próxima vez. Voy a arrojarte una cuerda..., es decir, a menos que Bonnie pueda sacarte levitando. —Todavía de rodillas, volteó para mirar a la muchacha.

Ésta le dio una palmada en la coronilla.

—¡No bromees sobre eso! ¡Súbelo!

—Sí, señora —dijo Matt, un tanto mareado—. Aquí tienes, Stefan. Vas a tener que amarrártela alrededor del cuerpo.

—Sí —respondió él.

No mencionó que sus dedos entumecidos por el frío ni si podrían o no izar su peso. No había otro modo.

Los quince minutos siguientes fueron horribles para Elena. Hizo falta el esfuerzo de los cuatro para extraer al muchacho, aunque la principal contribución de Bonnie fue ir diciendo: «Vamos, vamos», cada vez que hacían una pausa para recuperar el aliento. Pero por fin las manos de Stefan sujetaron el borde del oscuro agujero, y Matt alargó los brazos para agarrarlo por debajo de los hombros.

Acto seguido Elena lo abrazaba ya, sus brazos enlazados alrededor de su pecho. La muchacha advirtió lo mal que estaban las cosas por su anormal inmovilidad, por la flacidez del cuerpo. Stefan había usado sus últimas fuerzas ayudando a que lo sacaran; tenía las manos heridas y ensangrentadas. Pero lo que preocupó a Elena fue que aquellas manos no le devolvieran su desesperado abrazo.

Cuando lo soltó y pudo mirarlo, vio que su piel tenía un color cerúleo y que había sombras oscuras debajo de sus ojos. Su piel estaba tan fría que la asustó.

Alzó los ojos hacia los demás, llena de preocupación.

Matt tenía el entrecejo fruncido por la inquietud.

—Será mejor que lo llevemos rápido al hospital. Necesita un médico.

—¡No!

La voz era débil y ronca, y surgió de la figura inerte que Elena acunaba. Sintió cómo Stefan hacía acopio de fuerzas, notó cómo alzaba lentamente la cabeza. Sus ojos verdes miraron fijamente los de ella, y vio la urgencia que había en ellos.

—Médicos... no. —Aquellos ojos se clavaron en los de la muchacha—. Promételo... Elena.

A Elena se le llenaron los ojos de lágrimas y su visión se tornó borrosa.

—Lo prometo —murmuró.

Entonces sintió que aquello que la había estado sosteniendo, la corriente de voluntad y determinación puras, se desmoronaba, y el muchacho se desplomó en sus brazos, inconsciente.

4

—Pero tiene que verlo un médico. ¡Parece como si se estuviera muriendo! —dijo Bonnie.

—No puede. No puedo explicártelo ahora. Vamos a llevarlo a su casa, ¿de acuerdo? Está mojado y se está helando aquí
afuera. Después podremos discutirlo.

La tarea de trasladar a Stefan a través del bosque fue suficiente para ocupar la mente de todo el mundo durante un rato.
Permaneció inconsciente, y cuando por fin lo depositaron sobre el asiento trasero del coche de Matt, estaban todos adolori-
dos y agotados, además de mojados por haber estado en contacto con sus ropas empapadas. Elena le sostuvo la cabeza en
su regazo mientras se dirigían a la casa de huéspedes. Meredith y Bonnie los siguieron.

—Veo luces encendidas —dijo Matt, deteniéndose frente al
enorme edificio rojo óxido—. Debe de estar despierta. Pero la
puerta probablemente está cerrada con llave.

Elena depositó con suavidad la cabeza de Stefan en el asiento, salió del coche y observó que una de las ventanas de la casa

se iluminaba más al apartarse una cortina. A continuación vio aparecer una cabeza y unos hombros en la ventana, inclinados hacia abajo.

—¡Señora Flowers! —gritó, agitando la mano—. Soy Elena Gilbert, señora Flowers. ¡Encontramos a Stefan, y tenemos que entrar!

La figura de la ventana no se movió ni dio muestras de haberla escuchado. Sin embargo, por su postura, Elena se dio cuenta de que seguía mirando hacia ellos.

—Señora Flowers, tenemos a Stefan. —Volvió a llamar, haciendo señas hacia el interior iluminado del coche—. ¡Por favor!

—¡Elena! ¡Ya está abierta!

La voz de Bonnie flotó hasta ella desde la entrada delantera, distrayendo a Elena de la figura de la ventana. Cuando volvió a mirar hacia arriba, vio que las cortinas volvían a caer en su lugar, y después la luz de aquella ventana del piso superior se apagó bruscamente.

Era extraño, pero no tenía tiempo para pensar en ello. Meredith y ella le ayudaron a Matt a alzar a Stefan y ascender con él los peldaños de la entrada.

Dentro, la casa estaba oscura y silenciosa. Elena condujo a sus compañeros hasta arriba por la escalera situada frente a la puerta, hasta el segundo descansillo. Desde allí penetraron en un dormitorio, y Elena le indicó a Bonnie que abriera la puerta de lo que parecía un ropero. Ésta mostró otra escalera, muy poco iluminada y estrecha.

—¿Quién dejaría... la puerta principal sin cerrar con llave... después de todo lo que ha sucedido últimamente? —gruñó Matt mientras acarreaban el inerte peso—. Debe de estar loca.

—Sí, está loca —dijo Bonnie desde arriba, abriendo de un empujón la puerta ubicada en lo alto de la escalera—. La últi-

ma vez que estuvimos aquí habló de las cosas más fantásticas...
—Su voz calló con una exclamación ahogada.

—¿Qué sucede? —preguntó Elena.

Pero cuando alcanzó el umbral de la habitación de Stefan lo vio por sí misma.

Había olvidado el estado en que se encontraba la habitación la última vez que la había visto. Baúles repletos de ropa estaban volcados o caídos de costado, como si alguna mano gigante los hubiera arrojado de una pared a otra. El contenido estaba desperdigado por el suelo, junto con objetos procedentes del tocador y las mesas. El mobiliario estaba volcado, y una ventana estaba rota, dejando penetrar el viento helado. Sólo había una lámpara encendida, en una esquina, y sombras grotescas se alzaban hacia el techo.

—¿Qué pasó? —preguntó Matt.

Elena no respondió hasta que hubieron tendido a Stefan sobre la cama.

—No lo sé con seguridad —respondió, y eso era cierto, aunque no demasiado—. Pero ya estaba así anoche. Matt, ¿quieres ayudarme? Necesita secarse.

—Localizaré otra lámpara —dijo Meredith, pero Elena la detuvo rápidamente.

—No, ya podemos ver bien. ¿Por qué no intentas encender el fuego?

Sobresaliendo de uno de los baúles había una bata de tela de toalla de un color oscuro. Elena la tomó, y Matt y ella empezaron a quitarle a Stefan las ropas mojadas y pegadas al cuerpo. Ella se dedicó a quitarle el suéter, pero una fugaz visión de su cuello fue suficiente para inmovilizarla.

—Matt, ¿podrías... podrías darme esa toalla?

En cuanto él se dio la vuelta, ella le quitó el suéter a Stefan, pasándolo por encima de su cabeza, y rápidamente lo envolvió en la bata. Cuando Matt regresó y le entregó la toalla, rodeó la garganta de Stefan con ella como si fuera una bufanda. El corazón le latía muy rápido y su mente trabajaba a toda velocidad.

No era extraño que estuviera tan débil, tan exánime. Cielos. Tenía que examinarlo, ver hasta qué punto estaba mal. Pero, ¿cómo podía hacerlo, con Matt y las otras chicas allí?

—Voy a buscar un médico —dijo Matt con voz tensa, los ojos puestos en el rostro de Stefan—. Necesita ayuda, Elena.

A la muchacha le entró el pánico.

—Matt, no..., por favor. Tiene... les tiene miedo a los médicos. No sé lo que sucedería si trajeras a uno aquí.

Una vez más, era la verdad, si bien no toda la verdad. Tenía una idea de lo que le podía ayudar a Stefan, pero no podía hacerlo con los otros allí. Se inclinó sobre el muchacho, frotando sus manos entre las suyas, intentando pensar.

¿Qué podía hacer? ¿Proteger el secreto de Stefan aunque le costara la vida? ¿O traicionarlo para poder salvarlo? ¿Realmente salvaría a Stefan que se lo contara a Matt, Bonnie y Meredith? Miró a sus amigos, intentando imaginar su respuesta si averiguaban la verdad sobre Stefan Salvatore.

No serviría de nada. No podía arriesgarse. El impacto y el horror del descubrimiento casi habían hecho enloquecer a Elena. Si ella, que amaba a Stefan, había estado dispuesta a huir gritando de su lado, ¿qué harían aquellos tres? Y luego estaba el asesinato del señor Tanner. ¿Podrían creer en su inocencia? ¿En lo más profundo de sus corazones sospecharían siempre de él?

Cerró los ojos. Era sencillamente demasiado peligroso. Meredith, Bonnie y Matt eran sus amigos, pero esto era una cosa que no podía compartir con ellos. En todo el mundo no existía nadie a quien confiarle aquel secreto. Tendría que guardarlo ella sola.

Se irguió y miró a Matt.

—Tiene miedo de los médicos, pero una enfermera podría servir. —Giró la cabeza hacia donde Bonnie y Meredith estaban arrodilladas ante la chimenea—. Bonnie, ¿qué sabes de tu hermana?

—¿Mary? —Bonnie le echó un vistazo a su reloj—. Tiene el último turno en el hospital esta semana, pero probablemente ya estará en su casa a estas horas. Sólo que...

—Entonces, eso lo solucionaría. Matt, ve con Bonnie y pídanle a Mary que venga aquí y revise a Stefan. Si ella cree que necesita un médico, no discutiré más.

Matt vaciló, después resopló con fuerza.

—De acuerdo. Sigo pensando que te equivocas, pero..., vámonos, Bonnie. Vamos a violar unas cuantas leyes de tránsito.

Mientras se dirigían hacia la puerta, Meredith se quedó de pie junto a la chimenea, observando a Elena con serenos ojos oscuros.

Elena se obligó a sostenerle la mirada.

—Meredith..., creo que todos deberían irse.

—¿Eso crees?

Aquellos ojos oscuros permanecieron puestos en los de ella con firmeza, como si intentaran abrirse paso hasta el interior y leer su mente. Pero Meredith no hizo ninguna otra pregunta. Tras un instante, asintió y siguió a Matt y a Bonnie sin decir una palabra.

Cuando Elena escuchó que la puerta del final de la escalera se cerraba, enderezó rápidamente la lámpara caída junto a la cama y la enchufó. Ahora, por fin, podría evaluar las heridas de Stefan.

El color de su tez parecía peor que antes; estaba literalmente tan blanco como las sábanas que tenía debajo. Los labios también estaban blancos, y Elena pensó de repente en Thomas Fell, el fundador de Fell's Church. O, más bien, en la estatua de Thomas Fell, tendida junto a la de su esposa sobre la tapa de piedra de su tumba. Stefan tenía el color de aquel mármol.

Los cortes de las manos aparecían de un morado lívido, pero ya no sangraba. Le giró la cabeza con suavidad para mirar su cuello.

Y allí estaba. Se tocó el costado de su propio cuello automáticamente, como para verificar el parecido. Pero las marcas de Stefan no eran incisiones pequeñas: eran profundos desgarrones salvajes en la carne. Parecía como si lo hubiera atacado un animal que hubiera intentado desgarrarle la garganta.

Una furia candente recorrió de nuevo a Elena. Y con ella, odio. Se dio cuenta de que, a pesar de su repugnancia y rabia, no había odiado realmente a Damon antes. No en serio. Pero en aquel momento..., en aquel momento, lo odiaba. Lo detestaba con una emoción tan intensa como no la había sentido nunca por nadie más en toda su vida. Quería lastimarlo para hacerle pagar aquello. De haber tenido una estaca de madera en aquel momento, la habría clavado en el corazón de Damon sin el menor remordimiento.

Pero ahora tenía que pensar en Stefan, que estaba aterradoramente inmóvil. Aquello era lo más duro de soportar, la falta de determinación o resistencia en su cuerpo, el vacío. Eso era. Era como si hubiera abandonado su cuerpo y la hubiera dejado con un recipiente vacío.

—¡Stefan!

Sacudirlo no servía de nada. Con una mano sobre el centro de su frío pecho, intentó detectar un latido. Si lo había, era demasiado débil para percibirlo.

«Mantén la calma, Elena», se dijo, haciendo retroceder la parte de su mente que quería dejarse llevar por el pánico. La parte que le decía: «¿Y si está muerto? ¿Y si está realmente muerto, y nada de lo que puedas hacer lo salvará?».

Paseando la mirada por la habitación, vio la ventana rota. Fragmentos de vidrio yacían en el suelo debajo de ella. Fue hacia allí y tomó uno, advirtiendo cómo centelleaba a la luz de las llamas. Una cosa hermosa, con un filo como el de una navaja, se dijo. Luego, deliberadamente, apretando los dientes, se cortó el dedo con él.

El dolor hizo que lanzara un grito ahogado. Un instante después, la sangre empezó a brotar de la herida, goteando por su dedo igual que la cera en un portavela. Rápidamente se arrodilló junto a Stefan y acercó el dedo a los labios del joven.

Con la otra mano le sujetó con fuerza la mano insensible, percibiendo la dureza del anillo de plata que llevaba puesto. Inmóvil como una estatua, permaneció arrodillada y aguardó.

Casi le pasó inadvertido el primer minúsculo temblor de respuesta. Tenía los ojos fijos en su rostro, y captó de soslayo el apenas perceptible movimiento ascendente del pecho. Pero entonces, los labios debajo su su dedo temblaron y se separaron levemente, y él tragó de un modo reflejo.

—Pefecto —susurró Elena—. Vamos, Stefan.

Las pestañas del muchacho aletearon, y con creciente dicha ella sintió que los dedos de él le devolvían la presión de los suyos. El joven volvió a tragar.

—Sí.

Aguardó hasta que los ojos del joven pestañearon y se abrieron despacio, y entonces se enderezó. Luego tocó torpemente con una sola mano el cuello alto de su suéter, doblándolo hacia abajo.

Aquellos ojos verdes estaban aturdidos y entrecerrados, pero se mostraron tan decididos como los había visto siempre.

—No —dijo Stefan, y su voz era un susurro quebrado.

—Tienes que hacerlo, Stefan. Los demás van a regresar y traerán a una enfermera con ellos. Tuve que aceptar eso. Y si no estás suficientemente bien como para convencerla de que no necesitas ir a un hospital...

Dejó la frase sin terminar. Ella misma no sabía lo que un médico o un técnico de laboratorio encontrarían al examinar a Stefan. Pero sabía que él lo sabía, y que eso lo asustaba.

Pero Stefan sólo se mostró más reacio, volteando la cabeza hacia el otro lado.

—No puedo —murmuró—. Es demasiado peligroso. Ya tomé... demasiada... anoche.

¿Era posible que hubiera sido la noche anterior? Parecía que hubiera transcurrido un año.

—¿Me matará? —preguntó—. ¡Stefan, respóndeme! ¿Eso me matará?

—No... —Su voz era hostil—. Pero...

—Entonces tenemos que hacerlo. ¡No discutas conmigo!

Inclinándose sobre él, sujetándole la mano con la suya, Elena sintió la abrumadora necesidad del muchacho y le asombró que intentara siquiera resistirse. Era como un hombre hambriento frente a un banquete, incapaz de apartar la vista de los platos humeantes, pero negándose a comer.

—No —repitió Stefan, y Elena sintió que la contrariedad la invadía.

Stefan era la única persona que había conocido jamás que era tan terca como ella.

—Sí; y si no quieres cooperar me cortaré algo más, como la muñeca.

Había estado presionando su dedo contra la sábana para detener la sangre; ahora lo levantó frente a él.

Las pupilas del muchacho se dilataron, los labios se abrieron.

—Demasiado... ya —murmuró, pero su mirada permaneció fija en el dedo, en la brillante gota de sangre de la punta—. Y no puedo... controlar...

—No pasa nada —susurró ella.

Le pasó el dedo por los labios otra vez, sintiendo cómo se abrían para aceptarlo; luego, se inclinó sobre él y cerró los ojos.

Su boca estaba fría y seca cuando le tocó la garganta. La mano de Stefan le sujetó la parte posterior del cuello mientras los labios buscaban las dos incisiones diminutas que había allí. Elena puso toda su fuerza de voluntad en no retroceder ante la breve punzada de dolor. Luego sonrió.

Antes, ella había sentido su angustiosa necesidad, su apremiante ansia. Ahora, a través del vínculo que compartían, sintió sólo un júbilo y una satisfacción feroces. Una profunda satisfacción a medida que el hambre se saciaba gradualmente.

Su propio placer provenía del hecho de dar, de saber que estaba sustentando a Stefan con su propia vida. Percibía la energía fluyendo hacia el interior del muchacho.

Poco a poco, notó que la intensidad de la necesidad disminuía. Con todo, no había desaparecido, ni mucho menos, y no pudo comprenderlo cuando Stefan intentó apartarla.

—Es suficiente —dijo con voz cortante, obligando a los hombros de la muchacha a alzarse.

Elena abrió los ojos, sintiendo su nebuloso placer roto. Los ojos del muchacho eran verdes como hojas de mandrágora, y en su rostro vio el hambre feroz del depredador.

—No es suficiente. Todavía estás débil...

—Es suficiente para ti.

Volvió a empujarla lejos, y ella vio algo parecido a la desesperación centellear en aquellos ojos verdes.

—Elena, si tomo mucha más, empezarás a cambiar. Y si no te apartas, si no te apartas de mí ahora mismo...

Elena retrocedió hasta los pies de la cama. Lo contempló incorporarse en el lecho y ajustarse la oscura bata. A la luz de las lámparas, advirtió que la piel había recuperado algo de color, que un leve rubor barnizaba su palidez. Sus cabellos se secaban ya, convertidos en un revuelto mar de oscuros mechones ondulados.

—Te extrañé —dijo ella en voz baja.

El alivio palpitó en su interior de improviso, un dolor que era casi tan terrible como lo habían sido el miedo y la tensión. Stefan estaba vivo; le hablaba. Todo iba a estar bien, después de todo.

—Elena...

Sus ojos se encontraron y se sintió paralizada por un fuego verde. Inconscientemente, avanzó hacia él, y luego se detuvo cuando el muchacho lanzó una carcajada.

—Nunca te había visto con este aspecto —dijo él, y ella bajó los ojos para mirarse.

Sus zapatos y pantalones estaban cubiertos de barro rojizo, que también estaba repartido generosamente por el resto de su cuerpo. La chamarra estaba desgarrada y perdía su relleno de plumas. No le cupo duda de que su rostro estaba embarrado y sucio, y, desde luego, sabía que los cabellos estaban enmarañados y desordenados. Elena Gilbert, la impecable muñeca de la escuela Robert E. Lee, estaba horrorosa.

—Me gusta —dijo Stefan, y en esta ocasión ella rió con él.

Seguían riendo cuando la puerta se abrió. Elena se puso tensa, muy alerta, arreglándose el cuello alto del suéter mientras paseaba la mirada por la habitación en busca de indicios que pudieran traicionarlos. Stefan se sentó más tieso y se lamió los labios.

—¡Está mejor! —cantó alegremente Bonnie al penetrar en la habitación y ver a Stefan.

Matt y Meredith iban detrás de ella, y sus rostros se iluminaron de sorpresa y satisfacción. La cuarta persona en entrar era sólo un poco mayor que Bonnie, pero tenía un aire de enérgica autoridad que contradecía su juventud. Mary McCullough avanzó directamente hacia su paciente y alargó el brazo para tomarle el pulso.

—Así que tú eres el que le tiene miedo a los médicos —dijo.

Stefan pareció confundido por un instante, luego se recuperó.

—Es una especie de fobia infantil —dijo, con un tono algo desconcertado.

Miró de soslayo a Elena, que sonrió nerviosa y le dedicó un leve asentimiento.

—De todas maneras, no necesito uno ahora, como puedes ver.

—¿Por qué no dejas que yo juzgue eso? Tu pulso está bien. De hecho, es sorprendentemente lento, incluso para un atleta. No creo que tengas hipotermia, pero sigues estando helado. Veamos tu temperatura.

—No, realmente no creo que eso sea necesario.

La voz de Stefan sonó pausada, tranquilizadora. Elena lo había escuchado usar esa voz antes, y supo qué intentaba hacer. Pero Mary no le hizo el menor caso.

—Descúbrete, por favor.

—Dame eso . Yo lo haré —se apresuró a decir Elena, alargando la mano para tomar el termómetro de la mano de Mary.

De algún modo, mientras lo hacía, el pequeño tubo de cristal resbaló de su mano y cayó al piso de madera, donde se partió en varios pedazos.

—¡Híjole, lo siento!

—No importa —dijo Stefan—. Me siento mucho mejor que antes y estoy entrando en calor rápidamente.

Mary contempló los trozos esparcidos por el piso, luego paseó la mirada por la habitación, dándose cuenta de su revuelto estado.

—Muy bien —dijo, dando media vuelta con las manos en la cintura—. ¿Qué pasó aquí?

Stefan ni siquiera pestañeó.

—Nada importante. La señora Flowers es una ama de llaves terrible —respondió él, mirándola directamente a los ojos.

Elena quiso echarse a reír, y vio que Mary también. La muchacha de más edad hizo una mueca y cruzó los brazos sobre el pecho.

—Supongo que es inútil esperar una respuesta clara —dijo—. Y es evidente que no estás peligrosamente enfermo. Pero te recomiendo encarecidamente que te hagas un chequeo mañana.

—Gracias —respondió Stefan. Pero Elena advirtió que esto no era lo mismo que decir sí.

—Elena, a ti sí parece que no te caería mal ir a ver aun médico —indicó Bonnie—. Estás blanca como un fantasma.

—Simplemente estoy cansada —dijo ella—. Ha sido un día muy largo.

—Mi consejo es que vayas a tu casa y te metas en la cama... y te quedes en ella —dijo Mary—. No estás anémica, ¿verdad?

Elena contuvo el impulso de llevarse una mano a la mejilla. ¿Tan pálida estaba?

—No, sólo estoy cansada —repitió—. Podemos irnos a casa ahora, si Stefan está bien.

Él asintió tranquilizador, el mensaje de sus ojos sólo para ella.

—Déjennos solos un minuto, ¿sale? —le dijo a Mary y a los demás, y éstos salieron a la escalera.

—Adiós. Cuídate —dijo Elena en voz alta mientras lo abrazaba, y luego susurró—: ¿Por qué no usaste tus Poderes con Mary?

—Lo hice —le dijo él al oído, en tono sombrío—. O al menos lo intenté. Debo de estar débil aún. No te preocupes, ya se me pasará.

—Por supuesto que sí —replicó Elena, pero se le hizo un nudo en el estómago—. ¿Pero estás seguro de que debes quedarte solo? Y si...

—Estaré bien. Tú eres quien no debería estar sola. —La voz de Stefan era pausada pero apremiante—. Elena, no tuve oportunidad de advertírtelo. Tenías razón respecto a que Damon estaba en Fell's Church.

—Lo sé. Él te hizo esto, ¿verdad?

No mencionó que ella había ido a buscarlo.

—No... lo recuerdo. Pero es peligroso. Mantén a Bonnie y a Meredith junto a ti esta noche, Elena. No quiero que estés sola. Asegúrate de que nadie invite a un desconocido a tu casa.

—Nos iremos directamente a la cama —prometió Elena, sonriéndole—. No vamos a invitar a nadie a entrar.

—Asegúrate de ello.

No había insolencia alguna en su tono, y ella asintió despacio.

—Lo comprendo, Stefan. Tendremos cuidado.

—Estupendo. —Se besaron, un mero roce de labios, pero las manos entrelazadas no querían separarse—. Dale las gracias de mi parte a los demás —dijo él.

—Lo haré.

Los cinco reunieron de nuevo en el exterior de la casa de huéspedes, y Matt se ofreció a llevar a Mary a su casa, de modo que Bonnie y Meredith pudieran regresar con Elena. Mary se mostraba todavía claramente suspicaz sobre los ires y venires de aquella noche, y Elena no podía culparla. Tampoco podía pensar. Estaba demasiado cansada.

—Dijo que les diera las gracias a todos —recordó después de que Matt había partido.

—Pues... de nada —dijo Bonnie, separando las palabras con un tremendo bostezo mientras Meredith le abría la portezuela del coche.

Meredith no dijo nada. La joven había estado muy callada desde que dejaron a Elena sola con Stefan.

Bonnie lanzó una carcajada de repente.

—Hay una cosa de la que nos olvidamos todas —dijo—. La profecía.

—¿Qué profecía? —preguntó Elena.

—Sobre el puente. La que dicen que yo dije. Bueno, fuiste al puente y la Muerte no te estaba esperando allí después de todo. A lo mejor malinterpretaron las palabras.

—No —dijo Meredith—. Escuchamos las palabras correctamente, por supuesto.

—Bueno, en ese caso, a lo mejor se trata de otro puente. O... mmm...

Bonnie se acurrucó bajo su abrigo, cerrando los ojos, y no se molestó en terminar.

Pero la mente de Elena completó la frase por ella. «U otro momento».

Un búho ululó en el exterior mientras Meredith ponía en marcha el coche.

5

Sábado, 2 de noviembre

Querido diario:

Esta mañana desperté y me sentí muy rara. No sé cómo describirlo. Por una parte, estaba tan débil que cuando intenté ponerme en pie los músculos no me sostenían. Pero por otra parte me sentí... bien. Tan cómoda, tan relajada... Como si flotara en un lecho de luz dorada. No me importó si nunca podía volver a moverme.

Entonces recordé a Stefan e intenté levantarme, pero mi tía Judith me volvió a meter en la cama. Dijo que Bonnie y Meredith se habían ido hacía horas y que yo había estado tan profundamente dormida que no pudieron despertarme. Dijo que lo que necesitaba era descanso.

Así que aquí estoy. Mi tía Judith me trajo el televisor a la habitación, pero no tengo ganas de ver la televisión. Prefiero estar aquí tumbada y escribir, o simplemente estar recostada.

Espero que Stefan venga a verme. Me dijo que lo haría. O tal vez no lo hizo. No lo recuerdo. Cuando venga tengo que

Domingo, 3 de noviembre, 10:30 de la noche

Acabo de releer la anotación de ayer y estoy perpleja. ¿Qué me sucedió? Me interrumpí en mitad de una frase y ahora no sé siquiera qué iba a decir. Y no expliqué lo de mi nuevo diario ni nada. Debo de haber estado totalmente atarantada.

Sea como sea, éste es el inicio oficial de mi nuevo diario. Compré este cuaderno en blanco en la tienda. No es tan bonito como el otro, pero tendrá que servir. He perdido la esperanza de volver a ver jamás mi antiguo diario. Quienquiera que lo haya robado no va a devolverlo. Pero cuando pienso en ellos leyéndolo, con todos mis pensamientos íntimos y mis sentimientos por Stefan, quisiera matarlos. Mientras que simultáneamente me muero de humillación.

No me avergüenzo de lo que siento por Stefan. Pero es privado. Y hay cosas allí, sobre lo que ocurre cuando nos besamos, cuando me abraza, que sé que él no querría que nadie más leyese.

Desde luego, en él no hay nada sobre su secreto. No lo había descubierto aún. Hasta que lo hice no lo comprendí del todo, y nos unimos, nos unimos realmente por fin. Ahora formamos parte el uno del otro. Siento como si lo hubiera estado esperando toda mi vida.

Quizá piensas que estoy loca por amarlo, considerando lo que es. Puede ser violento, y sé que hay algunas cosas en su pasado de las que está avergonzado. Pero jamás podría ser violento conmigo, y el pasado quedó atrás. Se siente tan culpable y siente tanto dolor interiormente... Quiero curar sus heridas.

No sé qué sucederá ahora; simplemente estoy muy contenta de que esté a salvo. Fui a la casa de huéspedes hoy y averigüé que la policía había estado allí ayer. Stefan estaba aún débil y no pudo usar sus Poderes para deshacerse de ellos, pero no lo acusaron de nada. Simplemente hicieron preguntas. Stefan dice que se mostraron amistosos, lo que me parece sospechoso. A lo que realmente se

reducen todas las preguntas es: ¿dónde estabas la noche que atacaron al anciano debajo del puente, y la noche en que atacaron a Vickie Bennett en la iglesia en ruinas, y la noche en que mataron al señor Tanner en la escuela?

No tienen ninguna prueba contra él. Los crímenes empezaron
justo después de que él llegara a Fell's Church, pero ¿y eso qué? Eso
no es prueba de nada. Que discutió con el señor Tanner esa noche...
De nuevo, ¿y qué? Todo el mundo discutía con el señor Tanner.
Que desapareció después de que se encontrara el cuerpo del señor
Tanner... Pues ahora está de regreso y no cabe duda que él también
fue atacado por la misma persona que cometió los otros crímenes.
Mary le contó a la policía el estado en que se encontraba. Y si alguna vez nos preguntan, Matt, Bonnie, Meredith y yo podemos testi-
ficar cómo lo encontramos. No tienen nada en absoluto contra él.

Stefan y yo charlamos sobre eso, y sobre otras cosas. Fue tan
agradable volver a estar con él, incluso aunque estaba pálido y
cansado. Sigue sin recordar cómo finalizó la noche del jueves, pero
la mayor parte de ello es tal y como yo lo sospechaba. Stefan fue
en busca de Damon el jueves por la noche, después de llevarme a
mi casa. Discutieron. Stefan acabó medio muerto en un pozo. No
hace falta ser un genio para imaginar qué sucedió en el intervalo.

Todavía no le he contado que fui a buscar a Damon al cementerio el viernes por la mañana. Supongo que será mejor que lo haga
mañana. Sé que eso va a contrariarlo, en especial cuando sepa lo
que me dijo Damon.

Bueno, eso es todo. Estoy cansada. Este diario va a estar bien
escondido, por razones obvias.

Elena hizo una pausa y miró la última línea de la página.
Luego añadió:

PS. Me pregunto quién será nuestro nuevo profesor de Historia Europea.

Elena recorrió el pasillo en medio de un curioso vacío. En la escuela, por lo general, era acribillada con saludos por todos lados; era un «Hola, Elena» tras otro; «Hola, Elena», allí por donde fuera. Pero hoy los ojos se apartaban furtivamente cuando se aproximaba, o la gente se mostraba repentinamente muy ocupada haciendo algo que requería que estuviera de espaldas a ella. Había ocurrido lo mismo todo el día.

Se detuvo en la entrada del aula de Historia Europea. Ya había varios alumnos sentados, y frente al pizarrón estaba un desconocido.

Parecía casi un estudiante. Tenía los cabellos de un color rubio rojizo, un tanto largos, y la complexión de un atleta. En el pizarrón había escrito «Alaric K. Saltzman». Cuando se dio la vuelta, Elena vio que también tenía una sonrisa juvenil.

Siguió sonriendo mientras Elena se sentaba y otros alumnos entraban de uno en uno. Stefan estaba entre ellos, y sus ojos se encontraron con los de Elena mientras ocupaba su asiento junto a ella, pero no hablaron. Nadie hablaba. En la habitación reinaba un silencio sepulcral.

Bonnie se sentó al otro lado de Elena. Matt se encontraba unos pocos pupitres más allá, pero miraba recto hacia el frente.

Las últimas dos personas en entrar fueron Caroline Forbes y Tyler Smallwood. Entraron juntos, y a Elena no le gustó la expresión de Caroline. Conocía demasiado bien aquella sonrisa felina y aquellos ojos verdes entrecerrados. Las facciones apuestas y más bien rollizas de Tyler refulgían satisfechas. El moretón que tenía debajo de los ojos provocado por el puño de Stefan casi había desaparecido.

—Muy bien, para empezar, ¿por qué no colocamos todos estos pupitres en un círculo?

La atención de Elena regresó bruscamente al desconocido de la parte delantera del aula. Éste seguía sonriendo.

—Órale, vamos a hacerlo. De ese modo, todos podemos vernos las caras al hablar —dijo.

En silencio, los alumnos obedecieron. El desconocido no ocupó la mesa del señor Tanner; en lugar de ello, acercó una silla al círculo y se sentó a horcajadas, colocando el respaldo hacia el frente.

—Ahora —siguió— sé que todos deben sentir curiosidad respecto a mí. Mi nombre está en el pizarrón: Alaric K. Saltzman. Pero quiero que me llamn Alaric. Les contaré algo más sobre mí más adelante, pero primero quiero darles la oportunidad de hablar.

»Hoy probablemente sea un día difícil para la mayoría de ustedes. Alguien que les importaba se fue, y eso debe ser doloroso. Quiero darles la oportunidad de abrirse y compartir esos sentimientos con sus compañeros de clase. Quiero que intenten entrar en contacto con el dolor. Después podremos empezar a construir nuestra propia relación basándola en la confianza. Ahora, ¿a quién le gustaría ser el primero?

Lo miraron atónitos, y nadie movió siquiera una pestaña.

—Bien, vamos a ver... ¿qué tal si empiezas tú? —Todavía sonriendo, indicó con gesto alentador a una hermosa muchacha rubia—. Dinos tu nombre y cómo te sientes sobre lo sucedido.

Aturdida, la joven se puso de pie.

—Me llamo Sue Carson, y, uf... —Aspiró profundamente y continuó con aplomo—. Y me siento asustada. Porque quienquiera que sea ese maniaco, todavía anda suelto. Y la próxima vez podría ser yo. —Se sentó.

—Gracias, Sue. Estoy seguro de que un gran número de tus compañeros comparte tu preocupación. Ahora, tengo entendido que algunos de ustedes estaban allí cuando ocurrió esta tragedia.

Crujieron los pupitres al moverse inquietos los alumnos. Pero Tyler Smallwood se puso de pie, sus labios separándose de unos fuertes dientes, con una sonrisa.

—La mayoría de nosotros estaba allí —dijo, y sus ojos se movieron veloces hacia Stefan.

Elena vio cómo otras personas seguían la dirección de su mirada.

—Yo llegué allí justamente después de que Bonnie descubriera el cuerpo. Y lo que yo siento es preocupación por la comunidad. Hay un asesino peligroso en las calles, y hasta ahora nadie ha hecho nada para detenerlo. Y...

Se interrumpió. Elena no estaba segura de cómo había sido, pero tuvo la sensación de que Caroline le había indicado que lo hiciera. Caroline echó hacia atrás su melena color castaño rojizo y volvió a cruzar las largas piernas, mientras Tyler se sentaba de nuevo.

—De acuerdo, gracias. Así que la mayoría de ustedes estaba allí. Eso lo hace doblemente atroz. ¿Podría escuchar a la persona que halló el cuerpo? ¿Está Bonnie aquí? —Paseó la mirada por el aula.

Bonnie alzó la mano despacio, luego se puso de pie.

—Supongo que yo descubrí el cuerpo —dijo—. Quiero decir que fui la primera persona que supo que estaba realmente muerto, y no fingiéndolo simplemente.

Alaric Saltzman pareció ligeramente sobresaltado.

—¿No fingiéndolo simplemente? ¿Fingía a menudo estar muerto?

Se escucharon risitas ahogadas, y él volvió a mostrar aquella sonrisa juvenil. Elena giró la cabeza y le dirigió una veloz mirada a Stefan, que tenía el entrecejo fruncido.

—No..., no —dijo Bonnie—. Mire usted, él personificaba un sacrificio. En la Casa Encantada. Así que estaba cubierto de sangre, sólo que era sangre falsa. Y eso fue en parte culpa mía, porque él no quería ponérsela, pero le dije que tenía que hacerlo. Se suponía que era un cadáver ensangrentado. Pero no hacía más que decir que lucía demasiado sucio, y sólo cuando Stefan vino y discutió con él... —se detuvo—. Quiero decir que hablamos con él y finalmente accedió a hacerlo, y entonces la Casa Encantada empezó. Y después de un rato me di cuenta de que no se incorporaba para asustar a los chavos como se suponía que tenía que hacerlo, y me acerqué a él y le pregunté qué sucedía. Y él no contestó. Él sólo..., él sólo siguió mirando fijamente hacia el techo. Y entonces lo toqué y él..., fue terrible. Su cabeza simplemente se desplomó hacia un lado, por decirlo así.

La voz de Bonnie tembló y calló. La muchacha tragó saliva.

Elena se había puesto de pie, y también Stefan y Matt y unas cuantas personas. Elena alargó el brazo hacia Bonnie.

—Bonnie, tranquilízate. Bonnie, no; todo está bien.

—Y yo tenía sangre en las manos. Había sangre por todas partes, tantísima sangre... —Lloriqueó histéricamente.

—De acuerdo, se acabó el tiempo —dijo Alaric Saltzman—. Lo siento; no era mi intención alterarlos tanto. Pero creo que necesitarán abrirse paso a través de esos sentimientos en algún momento en el futuro. Está claro que ésta ha sido una experiencia de lo más devastadora.

Se puso de pie y paseó alrededor del centro del círculo, abriendo y cerrando las manos nerviosamente. Bonnie seguía gimoteando quedamente.

—Ya sé —dijo él, y la sonrisa juvenil regresó llena de fuerza—. Me gustaría conseguir que nuestra relación alumno-profesor iniciara con el pie derecho, lejos de toda esta atmósfera. ¿Qué les parece si vienen todos a mi casa esta noche, para que podamos platicar informalmente? Sólo para conocernos mejor mutuamente y para charlar sobre lo sucedido. Incluso pueden llevar a un amigo si quieren. ¿Qué les parece?

Se produjeron otros treinta segundos, aproximadamente, de miradas atónitas. Después, alguien dijo:

—¿A su casa?

—Sí..., ah, se me olvidaba. Qué estúpido soy. Me estoy alojando en la casa de los Ramsey, en la avenida Magnolia. —Escribió la dirección en el pizarrón—. Los Ramsey son amigos míos, y me prestaron la casa mientras están de vacaciones. Vengo de Charlottesville, y el director de la escuela me llamó por teléfono el viernes para preguntarme si podía hacerme cargo de la clase. Acepté la oportunidad al instante. Éste es mi primer trabajo como profesor.

—Ah, eso lo explica todo—dijo Elena en voz baja.

—¿Tú crees? —inquirió Stefan.

—En todo caso, ¿qué les parece? ¿Lo hacemos? —Alaric Saltzman paseó la mirada por todos ellos.

Nadie tuvo valor para negarse. Se escucharon «síes» y «desde luegos» desperdigados.

—Estupendo, entonces está acordado. Yo invito la botana, y todos acabaremos conociéndonos bien. Ah, a propósito... —Abrió un libro de calificaciones y pasó una rápida mirada por él—. En esta clase, la participación constituye la mitad de la nota final. —Alzó los ojos y sonrió—. Ya se pueden ir.

—Este cuate es medio raro —masculló alguien cuando Elena salía por la puerta. Bonnie iba detrás de ella, pero la voz de Alaric Saltzman la hizo regresar.

—¿Querrán los alumnos que intervenieron quedarse, por favor, un minuto?

Stefan también tenía que salir.

—Será mejor que vaya a averiguar sobre el entrenamiento de futbol americano —dijo—. Probablemente se haya cancelado, pero será mejor que me asegure.

Elena se sintió preocupada.

—Si no se canceló, ¿crees que estás en condiciones de entrenar?

—Estaré perfectamente —dijo él en tono evasivo.

Pero ella observó que su rostro todavía aparecía demacrado y que se movía como si sintiera dolor.

—Nos vemos en donde está tu locker. —dijo él.

Ella asintió. Cuando llegó a su locker, vio a Caroline a poca distancia, charlando con otras dos chicas. Tres pares de ojos siguieron cada movimiento suyo mientras guardaba sus libros, pero cuando Elena levantó la mirada, dos de ellas miraron de pronto hacia otra parte. Sólo Caroline siguió mirándola fijamente, con la cabeza un poco ladeada mientras les susurraba algo a las otras muchachas.

Elena ya estaba harta. Cerrando el locker de un portazo, caminó directamente hacia el grupo.

—Hola, Becky; hola, Sheila —saludó; después, con gran énfasis—: Hola, Caroline.

Becky y Sheila respondieron «Hola» y añadieron algo sobre que tenían que irse. Elena ni siquiera giró la cabeza para contemplar cómo se escabullían, sino que mantuvo los ojos fijos en los de Caroline.

—¿Qué ocurre? —exigió.

—¿Ocurrir?

Era evidente que Caroline estaba disfrutando con aquello, intentando alargarlo lo más posible.

—¿Ocurrir con quién?

—Contigo, Caroline. Con todo el mundo. No finjas que no estás tramando algo, porque sé que sí lo estás haciendo. La gente me ha estado evitando todo el día como si tuviera la peste, y tú tienes el mismo aspecto que si te acabara de tocar la lotería. ¿Qué hiciste?

La expresión de inocente curiosidad de Caroline desapareció y exhibió una sonrisa felina.

—Te dije cuando empezaron las clases que las cosas serían diferentes este año, Elena —dijo—. Te advertí que tu tiempo en el trono podría estar agotándose. Pero no es cosa mía. Lo que está sucediendo es simple selección natural. La ley de la selva.

—Y, exactamente, ¿qué es lo que está sucediendo?

—Bueno, digamos simplemente que salir con un asesino puede entorpecer tu vida social.

El pecho de Elena se tensó como si Caroline la hubiera golpeado. Por un momento, el deseo de pegarle a la joven fue casi irresistible. Después, con la sangre rugiéndole en los oídos, dijo entre dientes:

—Eso no es cierto, Stefan no hizo nada. La policía lo interrogó y salió limpio.

Caroline se encogió de hombros. Su sonrisa era ahora condescendiente.

—Elena, te conozco desde el jardín de niños —dijo—, de modo que te daré un consejo en recuerdo de los viejos tiempos: deja a Stefan. Si lo haces ahora, podrías evitar ser una completa leprosa social. De lo contrario, más vale que te compres una campanita para ir tocándola por la calle.

La rabia se apoderó de Elena mientras Caroline daba media vuelta y abandonaba el lugar, con los cabellos color caoba moviéndose igual que un líquido bajo las luces. Entonces, Elena recuperó el habla.

—Caroline.

La aludida giró la cabeza.

—¿Vas a ir a esa fiesta en casa de los Ramsey esta noche?

—Supongo que sí, ¿por qué?

—Porque voy a estar allí. Con Stefan. Te veo en la selva.

En esta ocasión fue Elena la que dio media vuelta.

La dignidad de su salida quedó ligeramente estropeada cuando vio a una figura delgada y en sombras, en el otro extremo del pasillo. Su paso titubeó por un instante, pero a medida que se acercaba más, reconoció a Stefan.

Elena sabía que la sonrisa que le dedicó al muchacho parecía forzada, y él echó un vistazo hacia atrás en dirección a los lockers mientras se alejaban de la escuela uno junto al otro.

—¿Así que estaba cancelado el entrenamiento de futbol americano? —dijo ella.

Él asintió.

—¿Y ustedes qué se traen? —preguntó él en voz baja.

—Nada. Le pregunté a Caroline si iba a ir a la fiesta esta noche.

Elena ladeó la cabeza para mirar el cielo gris y deprimente.

—¿Y de eso hablaban?

Recordó lo que él le había dicho en su habitación. Él podía ver mejor que un humano, y también oír mejor. ¿Bastante bien para captar palabras pronunciadas doce metros más allá en el pasillo?

—Sí —respondió desafiante, inspeccionando aún las nubes.

—¿Y eso es lo que te enfureció tanto?

—Sí —volvió a decir ella, en el mismo tono.

Sentía los ojos de él fijos en ella.

—Elena, eso no es cierto.

—Bueno, si puedes leer mi mente, no necesitas hacer preguntas, ¿verdad?

Estaban cara a cara en aquel momento, y Stefan estaba tenso, la boca apretada en una lúgubre línea fina.

—Sabes que yo no haría eso. Pero pensaba que eras tú la que le daba tanta importancia a la honestidad en las relaciones.

—De acuerdo. Caroline estaba actuando de esa odiosa manera que le es habitual, y hablando demasiado sobre el asesinato. ¿Y qué? ¿Por qué te importa?

—Porque —dijo Stefan con sencillez, con brutalidad— podría tener razón. No sobre el asesinato, pero sí respecto a ti. Respecto a ti y a mí. Debí haber comprendido que esto sucedería. No es sólo ella, ¿verdad? He estado percibiendo hostilidad y miedo todo el día, pero estaba demasiado cansado para intentar analizarlo. Piensan que soy el asesino y te atacan a ti.

—¡Lo que piensen no importa! Se equivocan, y se darán cuenta finalmente. Entonces todo será tal y como era antes.

Una sonrisa nostálgica asomó a la comisura de los labios de Stefan.

—Realmente lo crees, ¿verdad? —Desvió la mirada y su rostro se endureció—. ¿Y si no lo hacen? ¿Y si las cosas simplemente empeoran?

—¿Qué estás queriendo decir?

—Podría ser mejor... —Stefan aspiró profundamente y prosiguió, con cautela—: Podría ser mejor si no nos viéramos durante un tiempo. Si piensan que no estamos juntos, te dejarán tranquila.

Ella lo miró fijamente.

—¿Y crees que puedes hacer eso? ¿No verme o hablar conmigo durante el tiempo que sea?

—Si es necesario... sí. Podríamos fingir que terminamos. —Adoptó una expresión firme.

Elena lo miró fijamente durante un momento. Después se colocó frente a él y se acercó más, tanto que casi se tocaban. Él tuvo que bajar la mirada hacia ella, sus ojos a unos cuantos centímetros de los de la muchacha.

—Sólo existe —dijo ella— un modo de que le anuncie al resto de la escuela que terminamos. Y es que me digas que no me amas y no quieres volver a verme. Dime eso, Stefan, ahora mismo. Dime que no quieres estar conmigo nunca más.

Él había dejado de respirar. La miró desde su altura, con aquellos ojos verdes estriados como los de un gato en tonalidades esmeralda, malaquita y jade.

—A ver dímelo —lo apremió ella—. Dime cómo podrías seguir adelante sin mí, Stefan. Dime...

Jamás consiguió finalizar la frase. Quedó interrumpida cuando la boca de él descendió sobre la suya.

6

Stefan estaba sentado en la sala de los Gilbert, asintiendo educadamente a cualquier cosa que dijera la tía Judith. La mujer se sentía incómoda teniéndole allí; no hacía falta saber leer la mente para darse cuenta de ello. Pero lo intentaba y, por tanto, Stefan también lo intentaba. Quería que Elena fuera feliz.

Elena. Incluso cuando no la miraba, era consciente de ella más que de cualquier otra cosa en la habitación. Su presencia llena de vida golpeaba sobre su piel igual que la luz del sol sobre unos párpados cerrados. Cuando finalmente se permitió voltear de cara a ella, significó una dulce impresión para todos sus sentidos.

La amaba tanto... Ya nunca la veía como si fuera Katherine; casi había olvidado lo mucho que se parecía a la joven muerta. En cualquier caso, existían muchas diferencias. Elena tenía el mismo cabello dorado y la misma tez blanquecina, las mismas facciones delicadas que Katherine, pero ahí finalizaba el parecido. Sus ojos, que parecían de color violeta a la luz de la chimenea justo en aquel momento, pero que normalmente eran de un azul tan oscuro como el lapislázuli, no eran ni tímidos ni infantiles como habían sido los de Katherine. Por el contrario, eran ventanas a su alma, que brillaba como una llama impaciente atrás de ellos. Elena era Elena, y su imagen había reemplazado al tierno fantasma de Katherine en su corazón.

Pero la propia fuerza de la joven convertía el amor de ambos en peligroso. Él no había sido capaz de resistírsele la semana anterior, cuando le había ofrecido su sangre. De acuerdo, podría haber muerto sin ella, pero había sido demasiado pronto para la seguridad de la propia Elena. Por centésima vez, sus ojos recorrieron el rostro de Elena, buscando las reveladoras señales del cambio. ¿Estaba un poco más pálida aquella piel tersa? ¿Era su expresión ligeramente más distante?

Tendrían que tener más cuidado a partir de ahora. Él tendría que tener más cuidado. Asegurarse de tomar alimento a menudo, de satisfacerse con animales, para así no verse tentado. No permitir jamás que la necesidad fuera demasiado fuerte. Ahora que lo pensaba, estaba hambriento en esos momentos. El dolor seco, el ardor, se extendía por su mandíbula superior, murmurando a través de sus venas y capilares. Debería estar afuera, en los bosques —con los sentidos alerta para captar el más leve chasquido de ramitas secas, los músculos preparados para la persecución—, no aquí junto a una chimenea contemplando el trazado de pálidas venas azules en la garganta de Elena.

La delgada garganta giró cuando Elena lo miró.

—¿Quieres ir a la fiesta esta noche? Podemos utilizar el carro de mi tía Judith —dijo ella.

—Pero deberías quedarte a cenar primero —dijo en seguida la tía Judith.

—Podemos comprar algo por el camino.

Elena se refería a que podían comprar algo para ella, se dijo Stefan. Él, por su parte, podía masticar y tragar la comida común si tenía que hacerlo, aunque no le servía para nada, y hacía mucho tiempo que todo había perdido sabor para él. No, sus... apetitos... eran más particulares en la actualidad, pensó. Y si iban a aquella fiesta, significaría que pasarían horas antes de que pudiera alimentarse. Pero le dedicó un asentimiento de cabeza a Elena.

—Si tú quieres ir... —dijo.

Ella quería ir; estaba empeñada en ello. Él se había dado cuenta desde el principio.

—De acuerdo, entonces. Será mejor que me cambie.

La siguió hasta el pie de las escaleras.

—Ponte algo de cuello alto. Un suéter —le dijo, con una voz suficientemente baja como para que nadie más lo oyera.

Ella echó una ojeada desde la entrada hacia la vacía sala de y dijo.

—No te preocupes. Casi cicatrizaron ya. ¿Ves?

Jaló hacia abajo el cuello de encaje de su blusa, torciendo la cabeza a un lado.

Stefan contempló fijamente, hipnotizado, las dos marcas redondas sobre la tersa piel. Eran de un color rojo muy claro y translúcido, igual que el vino muy aguado. Apretó los dientes y obligó a los ojos a dirigirse hacia abajo. Mirarlas durante más tiempo lo volvería loco.

—No era eso a lo que me refería —dijo él con brusquedad.

El brillante velo de los cabellos de Elena volvió a caer sobre las marcas, ocultándolas.

—Ah.

—¡Pasen!

Mientras lo hacían, entrando a la habitación, las conversaciones se detuvieron. Elena miró los rostros atentos hacia ellos, los ojos curiosos y furtivos y las expresiones cautelosas. No era la clase de miradas que estaba acostumbrada a recibir cuando efectuaba su entrada a algún lugar.

Fue otro estudiante quien les había abierto la puerta; a Alaric Saltzman no se le veía por ninguna parte. Pero Caroline sí estaba, sentada en un taburete alto que permitía que sus piernas lucieran al máximo. La muchacha le dedicó a Elena una mirada burlona y luego le hizo algún comentario a un muchacho que tenía al lado. Éste rió.

Elena pudo sentir cómo su sonrisa se tornaba dolorosa, a la vez que el rubor ascendía por su rostro. Entonces, una voz familiar llegó hasta ella.

—¡Elena, Stefan! Acérquense.

Agradecida, descubrió a Bonnie sentada con Meredith y Ed Goff en un sofá colocado en la esquina. Stefan y ella se instalaron en una enorme tumbona instalada frente a ellos, y la joven oyó cómo las conversaciones volvían a reanudarse por toda la habitación.

Por tácito acuerdo, nadie mencionó la violenta atmósfera creada por la llegada de Elena y Stefan. Elena estaba decidida a fingir que todo era como de costumbre.

Y Bonnie y Meredith la respaldaban.

—Tienes un aspecto espléndido —dijo Bonnie en tono afectuoso—. Me encanta ese suéter rojo.

—Realmente estás guapa. ¿Verdad que sí, Ed? —comentó Meredith, y Ed, con una expresión vagamente sobresaltada, estuvo de acuerdo.

—Así que también invitaron a los de tu clase —le dijo Elena a Meredith—. Pensé que tal vez sólo era para los del turno vespertino.

—No sé si invitados es la palabra adecuada —respondió ella con frialdad—. Considerando que la participación será la mitad de nuestra nota...

—¿Crees que lo dijo en serio? No podía estar hablando en serio —intervino Ed.

—A mí me sonó que era en serio —dijo Elena, encogiéndose de hombros—. ¿Dónde está Ray? —le preguntó a Bonnie.

—¿Ray? Ah, Ray. No lo sé, por ahí, en alguna parte, supongo. Hay muchísima gente aquí.

Era cierto. La sala de los Ramsey estaba repleta y, por lo que Elena podía ver, la multitud se desparramaba por el interior del comedor, el salón de la entrada y, probablemente, también la cocina. Los codos no dejaban de rozar los cabellos de Elena mientras la gente circulaba por detrás de ella.

—¿Qué quería de ti Saltzman después de la clase? —preguntaba en aquel momento Stefan.

—Alaric —lo corrigió Bonnie en tono remilgoso—. Quiere que lo llamemos Alaric. Ah, simplemente quería mostrarse amable. Se sentía muy mal por haberme hecho revivir una experiencia tan angustiosa. No sabía exactamente cómo había muerto el señor Tanner, y no se había dado cuenta de que yo fuera tan sensible. Desde luego, él es increíblemente sensible también, de modo que lo entiende perfectamente. Es Acuario.

—Con una luna acompañada de frases para ligar —dijo Meredith en tono bajo—. Bonnie, no creerás esa tontería, ¿verdad? Es un profesor; no debería probar eso con los alumnos.

—¡No estaba probando nada! Les dijo exactamente lo mismo a Tyler y a Sue Carson. Dijo que debíamos formar un grupo de apoyo entre nosotros o escribir un texto sobre lo ocurrido esa noche para exteriorizar nuestros sentimientos. Dijo que los adolescentes son todos muy impresionables y no quería que la tragedia tuviera un impacto duradero en nuestras vidas.

—Dios mío —dijo Ed, y Stefan convirtió en una tos una carcajada.

De todos modos, no le parecía divertido, y su pregunta a Bonnie no había sido simple curiosidad ociosa. Elena se dio cuenta; lo percibía, emanaba de él. Stefan sentía respecto a Alaric Saltzman lo mismo que la mayoría de las personas de aquella habitación sentían respecto a Stefan: cautela y recelo.

—Realmente resultó extraño que actuara en nuestra clase como si lo de la fiesta fuera una idea espontánea —dijo ella, respondiendo inconscientemente a las palabras no pronunciadas por Stefan—, cuando evidentemente había sido planeada.

—Lo que es aún más extraño es la idea de que la escuela contrate a un profesor sin contarle cómo murió el maestro anterior —comentó Stefan—. Todo el mundo hablaba sobre ello; tiene que haber salido en los periódicos.

—Pero no todos los detalles —replicó Bonnie con firmeza—. De hecho, hay cosas que la policía todavía no ha dado a conocer porque creen que eso podría ayudarlos a atrapar al asesino. Por ejemplo... —bajó la voz—, ¿saben qué dijo Mary? El doctor Feinberg estuvo hablando con el tipo que hizo la autopsia, el forense. Y dijo que no quedaba nada de sangre en el cuerpo. Ni una gota.

Elena sintió como si un viento helado la atravesara, como si volviera a estar de pie en el cementerio. No fue capaz de decir nada, pero Ed preguntó:

—¿Dónde quedó entonces?

—Bien, pues por todo el piso, supongo —repuso Bonnie con tranquilidad—. Por todo el altar y todo eso. Es lo que la policía está investigando ahora. Pero es insólito que a un cadáver no le quede nada de sangre; por lo general, un poco queda en la parte inferior del cuerpo. Lividez post mórtem, lo llaman. Tiene el aspecto de grandes contusiones moradas. ¿Qué sucede?

—Tu increíble sensibilidad me ha dado ganas de vomitar —dijo Meredith con voz ahogada—. ¿Es mucho pedir que hablemos de cualquier otra cosa?

—No fuiste tú la que estaba cubierta de sangre —empezó a decir Bonnie, pero Stefan la interrumpió.

—¿Han llegado a alguna conclusión los investigadores a partir de lo que han averiguado? ¿Están más cerca de encontrar al asesino?

—No lo sé —dijo Bonnie, y entonces su rostro se iluminó—. Por cierto, Elena, tú dijiste que sabías...

—Cállate, Bonnie —dijo Elena, desesperada.

Si realmente había algún lugar donde no debían discutir aquello era en una habitación atestada, rodeados de gente que odiaba a Stefan. Los ojos de Bonnie se abrieron de par en par, y luego asintió, tranquilizándose.

Elena no consiguió relajarse, no obstante. Stefan no había matado al señor Tanner, y sin embargo las mismas pruebas que conducirían hacia Damon podían fácilmente conducir hasta él. Y conducirían hasta él, porque nadie excepto ella y Stefan conocía la existencia de Damon. Él estaba allí afuera, en alguna parte, en la oscuridad. Aguardando a su siguiente víctima. Quizá esperando a Stefan... o a ella misma.

—Tengo calor —declaró bruscamente—. Creo que iré a ver qué clase de botana nos preparó Alaric.

Stefan quiso levantarse, pero Elena le indicó con un gesto que permaneciera sentado. A él no le servirían de nada las pa-

75

pas fritas y el ponche. Y quería estar sola durante unos cuantos minutos, moverse en lugar de estar sentada, para calmarse.

Estar con Meredith y Bonnie le había proporcionado una falsa sensación de seguridad. Al dejarlas, volvió a verse enfrentada a las miradas de soslayo y las espaldas de los que volteaban repentinamente. En esta ocasión eso la enojó. Atravesó la habitación con deliberada insolencia, reteniendo cada mirada que captaba accidentalmente. «Puesto que ya tengo mala fama —pensó—, también puedo mostrarme insolente».

Estaba hambrienta. En el comedor de los Ramsey, alguien había dispuesto una gran variedad de botanas que parecían sorprendentemente sabrosas. Elena tomó un plato de cartón y depositó unas cuantas tiritas de zanahoria en él, sin prestar la menor atención a la gente que rodeaba la descolorida mesa de roble. No iba a hablar con ninguno de ellos, a menos que ellos le hablaran primero. Dedicó toda su atención a la comida, inclinándose por delante de la gente para seleccionar cuadritos de queso y galletitas saladas, alargando el brazo frente ellos para arrancar uvas, mirando ostentosamente a un lado y a otro de toda la selección de platillos para ver si había pasado algo por alto.

Había conseguido captar la atención de todo el mundo, algo que supo sin alzar los ojos. Mordió con delicadeza el extremo de un churrito de pan, sosteniéndolo entre los dientes como un lápiz, y se alejó de la mesa.

—¿Te importa si le doy un mordisco?

La impresión la hizo abrir los ojos de par en par y le heló la respiración. Su mente se ofuscó, negándose a reconocer lo que sucedía y dejándola impotente, vulnerable, ante ello. Pero si bien el pensamiento racional había desaparecido, sus sentidos siguieron registrando sin piedad: ojos oscuros dominando su campo visual, el efluvio de alguna clase de perfume en los orificios nasales, dos dedos largos ladeándole la barbilla hacia arriba. Damon se inclinó hacia el frente y, con pulcritud y precisión, mordió el otro extremo del churrito de pan.

En ese momento, los labios de ambos estuvieron sólo a centímetros de distancia. Él se inclinaba ya para dar un segundo mordisco cuando los sentidos de la joven revivieron lo suficiente como para apartarse hacia atrás, a la vez que su mano agarraba el pedazo de pan crujiente y lo arrojaba lejos. Él lo atrapó al vuelo, en una virtuosa exhibición de reflejos.

Sus ojos seguían fijos en los de ella. Elena consiguió respirar por fin y abrió la boca, no estaba segura de para qué. Para gritar, probablemente. Para advertirle a toda aquella gente que huyera en medio de la noche. El corazón le latía igual que un martillo, su visión se tornó borrosa.

—Tranquila, tranquila.

Le quitó de la mano el plato y luego de algún modo sujetó su muñeca. La sostenía levemente, del modo en que Mary había tomado el pulso a Stefan. Mientras ella seguía mirándolo fijamente y jadeando, él le acarició la muñeca con el pulgar, como si la consolara.

—Tranquila. Todo está bien.

«¿Qué haces aquí?», pensó ella. La escena a su alrededor le parecía espectralmente luminosa y antinatural. Era como una de aquellas pesadillas en las que todo es normal, igual que en la vida real; y entonces de improviso sucede algo grotesco. Él los iba a matar a todos.

—¿Elena, te sientes bien? —Sue Carson le hablaba, sujetándole el hombro.

—Creo que se atragantó con algo —dijo Damon, soltando la muñeca de Elena—. Pero se siente bien ahora. ¿Por qué no nos presentas?

Él los iba a matar a todos...

—Elena; éste es Damon, mmm...

Sue extendió una mano, ofreciendo disculpas, y Damon finalizó por ella:

—Smith. —Alzó un vaso de papel en dirección a Elena—. *La vita.*

—¿Qué haces aquí? —murmuró ella.

—Es un estudiante universitario —informó Sue cuando resultó evidente que Damon no iba a responder—. De... la Universidad de Virginia, ¿verdad? ¿William y Mary?

—Entre otros lugares —dijo Damon, mirando todavía a Elena; no había mirado a Sue ni una sola vez—. Me gusta viajar.

El mundo había vuelto violentamente a su lugar alrededor de Elena, pero era un mundo espeluznante. Había personas a cada lado, contemplando aquel intercambio de palabras con fascinación, impidiéndole hablar con libertad. Pero también la mantenían a salvo. Por el motivo que fuera, Damon llevaba a cabo un juego, fingiendo ser uno de ellos. Y mientras tenía lugar aquella farsa, no le haría nada a ella delante de la multitud... eso esperaba.

Un juego. Pero él inventaba las reglas. Estaba allí de pie en el comedor de los Ramsey jugando con ella.

—Estará aquí sólo por unos días —seguía diciendo amablemente Sue—. Vino a visitar a unos amigos, ¿o dijiste parientes?

—Sí —dijo Damon.

—Tienes suerte de poder tomarte unos días libres siempre que quieras —repuso Elena.

No sabía que se estaba apoderando de ella, para hacerla intentar desenmascararlo.

—La suerte tiene muy poco que ver con eso —dijo Damon—. ¿Te gusta bailar?

—¿Cuál es tu especialidad?

Él le sonrió.

—Folclore americano. ¿Sabías, por ejemplo, que un lunar en el cuello significa que serás acaudalada? ¿Te importa si lo compruebo?

—A mí sí me importa.

La voz surgió desde atrás de Elena. Era clara, fría y calmada. Elena había escuchado a Stefan hablar en aquel tono sólo una vez: cuando había encontrado a Tyler intentando agredirla sexualmente en el cementerio. Los dedos de Damon se quedaron quietos sobre su garganta y, liberada de su hechizo, la muchacha retrocedió.

—Pero, ¿importas tú? —dijo.

Los dos se miraron mutuamente bajo el tenue parpadeo de la luz amarilla del candelabro de bronce.

Elena era consciente de los diversos niveles de sus propios pensamientos, como un milhojas. «Todo el mundo está mirando atónito; esto debe de ser mejor que las películas... No había reparado en que Stefan es más alto... Ahí están Bonnie y Meredith preguntándose qué está pasando... Stefan está enojado, pero todavía está débil, dolorido aún... Si se enfrenta a Damon ahora, perderá...».

Y frente todas aquellas personas. Sus pensamientos se detuvieron en seco, con un tambaleo cuando todo embonó a la perfección. Por eso estaba Damon allí, para hacer que Stefan lo atacara, al parecer sin provocación. Pasara lo que pasara después de eso, él ganaría. Si Stefan lo corría, sería simplemente una prueba más de la «tendencia de Stefan a la violencia». Una prueba más para los que acusaban a Stefan. Y si Stefan perdía la pelea...

Significaría su vida, se dijo Elena. «Ah, Stefan, él es mucho más fuerte ahora; por favor, no lo hagas. No le sigas el juego. Lo que quiere es matarte; sólo busca una oportunidad».

Obligó a sus extremidades a moverse, aunque estaban rígidas y torpes como las de una marioneta.

—Stefan —dijo tomando su mano fría entre las de ella—, vámonos a la casa.

Pudo sentir la tensión en el cuerpo del muchacho, como una corriente eléctrica circulando bajo su piel. En aquel momento estaba totalmente concentrado en Damon, y la luz de sus ojos era como fuego reflejándose en la hoja de una espada. No lo reconocía en aquel estado de ánimo, no lo conocía. La asustaba.

—Stefan —dijo, llamándolo como si estuviera perdida entre la niebla y no pudiera encontrarlo—. Stefan, por favor.

Y lenta, muy lentamente, sintió que él respondía. Sintió que Stefan respiraba y notó cómo su cuerpo dejaba de estar alerta, pasando a otro nivel de energía más bajo. La mortífera concentración de su mente se vio distraída y la miró, y la vio.

—Está bien —dijo en voz baja, mirándola a los ojos—. Vámonos.

Elena mantuvo sus manos sobre él mientras daban la vuelta al recinto, una sujetando su mano, la otra rodeando su brazo. Mediante pura fuerza de voluntad, consiguió no mirar por encima del hombro mientras se alejaban, pero la piel de su espalda hormigueó y se erizó como si esperara un puñalada.

En lugar de ello, escuchó la voz queda e irónica de Damon:

—¿Y has escuchado decir que besar a una pelirroja cura el herpes labial?

Y a continuación la escandalosa carcajada complacida de Bonnie.

En su camino hacia la puerta, finalmente tropezaron con su anfitrión.

—¿Ya se van tan pronto? —dijo Alaric—. Pero si no tuve ni siquiera una oportunidad de hablar con ustedes aún.

Parecía a la vez ansioso y lleno de reproche, como un perro que sabe perfectamente que no van a sacarlo de paseo, pero menea la cola de todos modos. Elena sintió que la preocupación florecía en su estómago, por él y por todas las otras personas que había en la casa. Stefan y ella los estaban dejando en manos de Damon.

Tendría simplemente que esperar que su anterior apreciación fuera correcta y él quisiera proseguir con la farsa. De momento ya tenía suficiente quehacer sacando a Stefan de allí, antes de que éste cambiara de idea.

—No me siento muy bien —dijo, mientras recogía su bolsa del lugar donde descansaba sobre la tumbona—. Lo siento.

Aumentó la presión sobre el brazo de Stefan. En aquellos momentos haría falta muy poco para conseguir que éste diera media vuelta y regresara hacia el comedor.

—Lo siento —dijo Alaric—. Adiós.

Ya estaban en el umbral cuando ella vio el pequeño pedazo de papel violeta metido en el bolsillo lateral de su bolsa. Lo sacó de un jalón y lo desdobló casi automáticamente, con la mente puesta en otras cosas.

Había algo escrito en él, con letra clara, enérgica y desconocida. Sólo tres líneas. Las leyó y sintió que el mundo se tambaleaba. Aquello era demasiado; no podía enfrentarse con algo peor.

—¿Qué es? —preguntó Stefan.

—Nada.

Introdujo el papel de nuevo en el bolsillo lateral, empujándolo con los dedos.

—No es nada, Stefan. Salgamos de aquí.

Salieron bajo una lluvia torrencial.

7

—La próxima vez —dijo Stefan con voz queda— no me iré.
Elena sabía que lo decía en serio y eso la aterró. Pero en
aquel momento sus emociones se deslizaban silenciosamente
en punto muerto y no quería discutir.

—Estaba allí —dijo—. Dentro de una casa común y corriente, llena de gente común y corriente, como si tuviera todo
el derecho de estar allí. No habría creído que se atreviera.

—¿Por qué no? —dijo Stefan con tono conciso y amargo—.
Yo estaba allí en una casa común y corriente, llena de gente común y corriente, como si tuviera todo el derecho de estar allí.

—No lo decía en el sentido en que sonó. Es sólo que la
única vez que lo vi en público fue en la Casa Encantada,
cuando llevaba una máscara y un disfraz, y estaba oscuro.
Antes de eso siempre fue en algún lugar desierto, como el
gimnasio, aquella noche que me quedé sola, o el cementerio...

Supo en cuanto dijo aquella última frase que había cometido un error, pues aún no le había contado a Stefan que había

ido en busca de Damon tres días atrás. Sentado en el asiento del conductor, el muchacho se quedó rígido.

—¿O el cementerio?

—Sí... Me refiero a aquel día en que a Bonnie, a Meredith y a mí nos persiguieron. Estoy asumiendo que debió de ser Damon quien nos persiguió. Y el lugar estaba desierto, aparte de nosotras tres.

¿Por qué le mentía? Porque, le respondió una vocecita en su cabeza con tono sombrío, de lo contrario él podría explotar. Saber lo que Damon le había dicho, lo que le había prometido que la esperaba, podía ser todo lo que se necesitaba para que Stefan perdiera el control.

«No puedo contárselo nunca —comprendió con un nauseabundo sobresalto—. No lo de esa vez ni nada que Damon haga en el futuro. Si pelea contra Damon, morirá.

»Entonces jamás lo sabrá —se prometió—. No importa lo que tenga que hacer. Impediré que peleen entre sí por mí. Sin importar cómo tenga que hacerlo».

Durante un momento, la aprensión la dejó helada. Quinientos años atrás, Katherine había intentado impedir que pelearan, y sólo había conseguido obligarlos a enfrentarse en un combate a muerte. Pero ella no cometería el mismo error, se dijo Elena con ferocidad. Los métodos de Katherine habían sido estúpidos e infantiles. ¿Quién, a menos que fuera una criatura estúpida, se mataría con la esperanza de que dos rivales por su amor se convirtieran en amigos? Había sido el peor error de todo aquel desdichado asunto. Debido a ello, la rivalidad entre Stefan y Damon se había convertido en un odio implacable. Y, lo que era aún peor, Stefan había vivido con la culpa de todo ello desde entonces; se culpaba a sí mismo por la estupidez y la debilidad de Katherine.

Intentando desesperadamente buscar otro tema, dijo:

—¿Crees que alguien lo invitó a entrar?

—Evidentemente, puesto que estaba adentro.

—Entonces, es cierto lo que se dice sobre... la gente como ustedes. Se les tiene que invitar a entrar. Pero Damon entró en el gimnasio sin una invitación.

—Eso es porque el gimnasio no es una morada para seres vivos. Ése es el único criterio. No importa si es una casa, una tienda de campaña o un departamento encima de una tienda. Si hay seres vivos que comen y duermen allí, tienen que invitarnos a entrar.

—Pero yo no te invité a mi casa.

—Sí, lo hiciste. Aquella primera noche, cuando te llevé en el coche a tu casa, empujaste la puerta y me hiciste una seña con la cabeza. No tiene que ser una invitación verbal. Si la intención está ahí, es suficiente. Y la persona que te invita no tiene por qué ser alguien que viva realmente en la casa. Cualquier humano sirve.

Elena pensaba.

—¿Qué sucede si es una casa flotante?

—Sucede lo mismo. Aunque el agua corriente puede ser una barrera por sí misma. Para algunos de nosotros es casi imposible de cruzar.

Elena tuvo una repentina visión donde ella, Meredith y Bonnie corrían en dirección al puente Wickery. Porque de algún modo ella había sabido que si alcanzaban el otro lado del río estarían a salvo de lo que fuera que las estaba persiguiendo.

—Así que ése es el motivo —musitó.

Pero todavía no se explicaba cómo lo había sabido. Era como si la información hubiera sido colocada en su mente por alguna fuente externa. Entonces reparó en algo más.

—Tú me llevaste a través del puente. Tú puedes cruzar el agua corriente.

—Eso se debe a que soy débil —lo dijo en tono categórico y sin la menor emoción—. Es irónico, pero cuanto más fuertes son tus Poderes, más afectado te ves por ciertas limitaciones. Cuanto más perteneces a la oscuridad, más te atan las normas de la oscuridad.

—¿Qué otras normas hay? —preguntó Elena.

La muchacha empezaba a ver los destellos de un plan. O al menos de la esperanza de trazar un plan.

Stefan la miró.

—Sí —dijo—; creo que es hora de que lo sepas. Cuanto más conozcas sobre Damon, más posibilidades tendrás de protegerte.

¿De protegerse? Tal vez Stefan supiera más de lo que ella pensaba. Pero mientras él hacía girar el coche por una calle lateral y lo estacionaba, se limitó a decir:

—De acuerdo. ¿Debería comprar una dotación de ajos?

Él lanzó una carcajada.

—Sólo si quieres perder tu popularidad. Hay ciertas plantas, no obstante, que podrían servirte. Como la verbena. Es una hierba que se supone que te protege de embrujos, y puede mantener tu mente clara incluso aunque alguien esté utilizando Poderes contra ti. La gente acostumbraba a llevarla alrededor del cuello. A Bonnie le encantaría; era sagrada para los druidas.

—Verbena —dijo Elena, degustando la desconocida palabra—. ¿Qué más?

—La luz potente o la luz directa del sol pueden resultar muy dolorosas. Habrás advertido que el clima ha cambiado.

—Lo he notado —dijo Elena tras un instante—. ¿Quieres decir que es cosa de Damon?

86

—Es probable. Hace falta un poder enorme para controlar los elementos, pero moverse a la luz del día le facilita el poder. Mientras lo mantenga nublado, ni siquiera necesita protegerse los ojos.

—Y tú tampoco —indicó Elena—. ¿Qué me puedes decir sobre... bueno, cruces y cosas así?

—No sirven —respondió él—. Excepto si la persona que la empuña cree realmente que es una protección; entonces puede reforzar enormemente su voluntad para resistir.

—Mmm... ¿Y las balas de plata?

Stefan volvió a lanzar una corta carcajada.

—Eso es para los hombres lobo. Por lo que he escuchado, no les gusta la plata bajo ninguna forma. Una estaca de madera atravesando el corazón sigue siendo el método aprobado para los de mi clase. Existen otros procedimientos que son más o menos efectivos, de todos modos: la incineración, la decapitación, encajarnos clavos en las sienes. O, lo mejor de todo...

—¡Stefan! —La sonrisa amarga y solitaria de su rostro la consternó—. ¿Qué hay sobre lo de convertirse en animales? —inquirió—. Antes dijiste que con poder suficiente podrías hacerlo. Si Damon puede ser cualquier animal que quiera, ¿cómo podremos reconocerlo?

—No cualquier animal que quiera. Está limitado a un animal o, como máximo, a dos. Incluso con sus Poderes no creo que pudiera hacer más que eso.

—Así que seguimos estando atentos a la presencia de un cuervo.

—Eso es. También puedes ser capaz de saber si él anda por ahí observando a los animales comunes. Por lo general no reaccionan muy bien a nuestra presencia; perciben que somos cazadores.

—*Yangtzé* no dejaba de ladrarle al cuervo. Era como si supiera que había algo raro en él —recordó Elena—. Ah... Stefan —añadió en un tono diferente, al ocurrírsele una nueva idea—, ¿qué pasa con los espejos? No recuerdo haberte visto nunca reflejado en uno.

Por un momento, él no respondió. Luego dijo:

—Según las leyendas, los espejos reflejan el alma de la persona que se mira en ellos. Por eso la gente primitiva siente miedo de los espejos: teme que su alma quede atrapada y se la roben. Se supone que los de mi especie no tienen reflejo... porque no tenemos alma.

Lentamente alzó la mano hacia el retrovisor y lo ladeó hacia abajo, ajustándolo de modo que Elena pudiera mirar en él. La muchacha vio los ojos de Stefan en el plateado cristal, perdidos, angustiados e infinitamente tristes.

No podía hacer otra cosa más que aferrarse a él, y Elena lo hizo.

—Te quiero —murmuró.

Era el único consuelo que ella podía darle. Era todo lo que tenían.

Los brazos del muchacho la rodearon con fuerza; su rostro estaba enterrado en sus cabellos.

—Tú eres el espejo —le susurró él como respuesta.

Fue agradable sentir que se relajaba, que la tensión fluía hacia afuera de su cuerpo a medida que la calidez y el consuelo fluían hacia su interior. También ella se sintió reconfortada, con una sensación de paz inundándola, rodeándola. Era una sensación tan grata que olvidó preguntarle qué quería decir hasta que estuvieron frente la puerta principal, despidiéndose.

—¿Yo soy el espejo? —dijo ella entonces, alzando los ojos hacia él.

—Tú me has robado el alma —respondió él—. Cierra la puerta con llave y no vuelvas a abrirla otra vez esta noche.

Después se alejó.

—Elena, gracias al cielo —dijo la tía Judith y, cuando Elena la miró sorprendida, añadió—: Bonnie llamó desde la fiesta. Dijo que te habías ido inesperadamente, y al ver que no regresabas me preocupé.

—Stefan y yo fuimos a dar una vuelta. —A Elena no le gustó la expresión del rostro de su tía cuando lo dijo—: ¿Hay algún problema?

—No, no. Es sólo...

La tía Judith no parecía saber cómo finalizar la frase.

—Elena, me pregunto si no sería una buena idea no... no ver tanto a Stefan.

Elena se quedó muy quieta.

—¿Tú también?

—No es que crea en los chismorreos —le aseguró ella—. Pero, por tu propio bien, podría ser mejor distanciarte un poco de él, para...

—¿Cortarlo? ¿Abandonarlo porque la gente está esparciendo rumores sobre él? ¿Mantenerme apartada del alud de barro por si acaso me mancha?

La cólera fue una liberación bien recibida, y las palabras se amontonaron en la garganta de Elena, intentando salir todas a la vez.

—No, realmente no creo que sea una buena idea, tía Judith. Y si fuera de Robert de quien estuviéramos hablando, tú tampoco lo creerías. ¡O a lo mejor sí!

—Elena, no permitiré que me hables en ese tono...

—¡De todos modos, ya terminé! —gritó Elena, y giró a ciegas hacia la escalera.

Consiguió contener las lágrimas hasta que estuvo en su
propia habitación, con la puerta cerrada con llave. Después se
arrojó sobre la cama y sollozó.

Se levantó con esfuerzo un poco más tarde para telefonear
a Bonnie, quien se mostró vehemente y voluble. ¿A qué diablos
se refería Elena con eso de que si había sucedido algo inusual
después de que ella y Stefan se habían ido? ¡Lo inusual había
sido que ellos se fueran! No, aquel chavo nuevo llamado Damon no había dicho nada sobre Stefan después; se había limitado a merodear por allí un rato y luego desapareció. No, Bonnie no había visto si se había marchado con alguien. ¿Por qué?
¿Estaba celosa Elena? Sí, claro que eso lo había dicho en broma.
Pero realmente era guapísimo, ¿verdad? Casi más divino que
Stefan, eso asumiendo que a una le gustaran el cabello y los ojos
oscuros. Desde luego, si a una le gustaban el cabello más claro
y los ojos color avellana...

Elena dedujo inmediatamente que los ojos de Alaric Saltzman eran color avellana.

Finalmente colgó el teléfono, y sólo entonces recordó la
nota que había encontrado en su bolsa. Debería haberle preguntado a Bonnie si alguien se había acercado a su bolsa mientras ella estaba en el comedor. Pero, de todos modos, Bonnie y
Meredith también habían estado en el comedor parte del tiempo. Alguien podría haberlo hecho entonces.

La misma visión del papel violeta le provocó un regusto
metálico en el fondo de la boca, y apenas soportó contemplarlo. Pero ahora que estaba a solas tenía que desdoblarlo y leerlo

otra vez, esperando que, de algún modo, esta vez las palabras fueran diferentes, que antes se hubiera equivocado.

Pero no eran diferentes. Las nítidas y bien trazadas mayúsculas destacaban sobre el pálido fondo como si tuvieran tres metros de altura.

Quiero tocarlo. Más que a cualquier chavo que haya conocido nunca. Y sé que él también lo quiere, pero se contiene.

Sus palabras. De su diario. El que le habían robado.

Al día siguiente, Meredith y Bonnie tocaron el timbre.

—Stefan me llamó anoche —indicó Meredith—. Dijo que quería asegurarse de que no irías caminando sola hasta la escuela. Él no irá a clases hoy, de modo que me preguntó si Bonnie y yo podíamos pasar por ti.

—Escoltarte —dijo Bonnie, que evidentemente estaba de buen humor—. Hacer de tus acompañantes. Creo que es terriblemente encantador por su parte mostrarse tan protector.

—Probablemente sea Acuario también —observó Meredith—. Vámonos, Elena, antes de que la mate para que deje de hablar de Alaric.

Elena caminaba en silencio, preguntándose qué estaría haciendo Stefan que le impedía ir a la escuela. Se sentía vulnerable y desprotegida ese día, como si tuviera la piel volteada al revés. Era uno de esos días en los que era capaz de echarse a llorar en cualquier momento.

En el tablero de los recados estaba clavado con una tachuela otro pedazo de papel violeta.

Debería haberlo sabido. En realidad lo había intuido en algún lugar muy dentro de si. El ladrón no estaba satisfecho con hacerle saber que sus palabras íntimas habían sido leídas: le mostraba que podían hacerse públicas.

Arrancó la nota del tablero y la arrugó, pero no antes de alcanzar a ver las palabras. Con una ojeada quedaron grabadas en su cerebro.

Me da la impresión de que alguien lo ha herido terriblemente en el pasado y que no lo ha superado. Pero también pienso que hay algo a lo que teme, algún secreto que no desea que yo descubra.

—Elena, ¿qué es eso? ¿Qué sucede? ¡Elena, regresa aquí!

Bonnie y Meredith la siguieron hasta el baño de mujeres más próximo, donde ella se inclinó sobre la papelera cortando la nota en pedazos microscópicos, mientras respiraba igual que si hubiera participado en una carrera. Se miraron la una a la otra y después se voltearon para inspeccionar los compartimientos individuales.

—Muy bien —anunció Meredith en voz alta—, privilegio de las alumnas mayores. ¡Tú! —Golpeó con los nudillos la única puerta cerrada—. Sal de ahí.

Se escuchó ruido de ropa, luego una jovencita de aspecto perplejo hizo su aparición.

—Pero si ni siquiera...

—Fuera. Sal de ahí —ordenó Bonnie—. Y tú —le dijo a la muchacha que se estaba lavando las manos—, quédate afuera y asegúrate de que nadie entre.

—Pero, ¿por qué? ¿Qué van...?

—Muévete, jovencita. Si alguien cruza esa puerta, te haremos responsable a ti.

Cuando la puerta volvió a cerrarse, voltearon hacia Elena.

—Muy bien, esto es un atraco —dijo Meredith—. Vamos, Elena, confiésalo todo.

Elena rompió el último fragmento diminuto, atrapada entre la risa y las lágrimas. Quería contárselo todo, pero no podía. Se conformó con contarles lo del diario.

Se mostraron tan furiosas y tan indignadas como ella.

—Tuvo que ser alguien de la fiesta —dijo Meredith por fin, una vez que hubieron expresado su opinión sobre el carácter, la calidad moral del ladrón y el probable destino de éste en el otro mundo—. Pero cualquiera de los que estaban allí podría haberlo hecho. No recuerdo que nadie en particular se acercara a tu bolsa, pero aquella habitación estaba llena de gente de un extremo al otro, y podría haber sucedido sin que lo advirtiera.

—Pero, ¿por qué querría alguien hacer esto? —intervino Bonnie—. A menos... Elena, la noche que encontraste a Stefan mencionaste algunas cosas. Dijiste que creías saber quién era el asesino.

—No creo saber: lo sé. Pero si se preguntan si esto podría tener relación, no estoy segura. Supongo que podría tenerla. La misma persona podría haberlo hecho.

Bonnie estaba horrorizada.

—¡Pero eso significa que el asesino es un alumno de esta escuela! —Elena negó con la cabeza, y siguió—: las únicas personas de la fiesta que no son alumnos eran aquel chavo nuevo y Alaric. —Su expresión cambió—. ¡Alaric no mató al señor Tanner! Ni siquiera estaba en Fell's Church entonces.

—Lo sé. Alaric no lo hizo. —Había ido demasiado lejos para detenerse en aquel punto; Bonnie y Meredith sabían demasiadas cosas ya—. Damon lo hizo.

—¿Ese chavo es el asesino? ¿El chico que me besó?

—Bonnie, tranquilízate. —Como siempre, la histeria de otras personas hacía que Elena sintiera más dominio de sí misma—. Sí, él es el asesino, y las tres tenemos que estar alerta con él. Por eso les cuento esto. Nunca, nunca lo inviten a entrar en su casa.

Guardó silencio, contemplando los rostros de sus amigas. La miraban fijamente, y por un momento tuvo la desagradable impresión de que no le creían, de que iban a poner en duda su cordura.

Pero todo lo que Meredith preguntó, con una voz uniforme y objetiva, fue:

—¿Estás segura de eso?

—Sí; estoy segura. Es el asesino y quien tiró a Stefan al pozo, y podría seguir tras una de nosotras a continuación. Y no sé si existe algún modo de detenerlo.

—Bien, pues —siguió Meredith, enarcando las cejas—, no me extraña que Stefan y tú hayan tenido tanta prisa por abandonar la fiesta.

Caroline le dedicó a Elena una maliciosa sonrisita de suficiencia cuando ésta entró en el comedor. Pero Elena casi ni lo advirtió.

Una cosa sí advirtió en seguida, no obstante: Vickie Bennett estaba allí.

Vickie no había ido a la escuela desde la noche en que Matt, Bonnie y Meredith la habían encontrado vagando por la carretera, delirando sobre niebla y ojos y algo terrible en el cementerio. Los médicos que la examinaron a continuación dijeron que no le pasaba nada especial físicamente, pero todavía no había regresado a la escuela Robert E. Lee, y la gente murmuraba sobre psicólogos y los tratamientos con fármacos que éstos probaban con ella.

De todos modos, no parecía estar loca, se dijo Elena. Tenía un aspecto pálido y apagado, y como si estuviera encogida dentro de sus ropas. Y cuando Elena pasó a su lado y ella alzó la vista, sus ojos eran como los de un ciervo asustado.

Resultó extraño sentarse a una mesa medio vacía con sólo Bonnie y Meredith por compañía. Por lo general la gente se agolpaba para conseguir asientos alrededor de las tres.

—No acabamos de platicar esta mañana —dijo Meredith—. Sírvete algo de comer, y después ya pensaremos qué hacer sobre esas notas.

—No tengo hambre —respondió Elena con voz cansada—. ¿Y qué podemos hacer? Si es Damon, no hay modo de que podamos detenerlo. Confíen en mí, no es un asunto para la policía. Por eso no les he dicho que es el asesino. No hay ninguna prueba, y además, ellos nunca... Bonnie, no estás escuchando.

—Lo siento —dijo ésta, que miraba más allá de la oreja izquierda de Elena—, pero algo raro está sucediendo ahí atrás.

Elena giró la cabeza. Vickie Bennett estaba de pie en la parte delantera del comedor, pero ya no parecía encogida y apagada. Paseaba la mirada por la habitación de un modo astuto e inquisitivo, sonriendo.

—Bueno, su actitud no parece normal, pero yo no diría que se está portando de un modo raro, exactamente —dijo Meredith, pero luego añadió—: Esperen un minuto.

Vickie se estaba desabotonando el suéter. Pero lo raro era el modo en que lo hacía, con deliberados movimientos veloces de los dedos, sin dejar de mirar en ningún momento a su alrededor con aquella sonrisa reservada. Cuando el último botón quedó desabrochado, se quitó el suéter con delicadeza usando el índice y el pulgar, y lo deslizó hacia abajo, primero por un brazo y luego por el otro. Dejó caer la prenda al piso.

—Raro es la palabra adecuada —confirmó Meredith.

Unos alumnos que pasaron frente a Vickie con sus bandejas llenas le lanzaron miradas curiosas y después voltearon a verla por encima del hombro, una vez que habían pasado. Pero no dejaron de caminar hasta que ella se quitó los zapatos.

Lo hizo con elegancia, atrapando el tacón de una zapatilla con la punta de la otra y empujándola fuera del pie. Luego se quitó el segundo zapato con una ligera patadita.

—No puede seguir haciendo eso —murmuró Bonnie, mientras los dedos de Vickie iban hacia los botones en forma de perlas de su blusa blanca de seda.

Las cabezas se giraban hacia ella; la gente se daba golpecitos entre sí y gesticulaba. Alrededor de Vickie se había reunido un pequeño grupo que permanecía bastante retirado para no interferir en el campo visual de los demás.

La blusa de seda blanca se desprendió con una ondulación, aleteando como un fantasma herido hasta el piso. Debajo, Vickie llevaba puesto un brassier de encaje color hueso.

Ya no se escuchaba el menor sonido en el comedor aparte del siseo de los susurros. Nadie comía. El grupo que rodeaba a Vickie había aumentado de tamaño.

Vickie sonrió recatadamente y empezó a soltar los cierres de su cintura. La falda de tablones cayó al piso. Pasó por encima de ella y la empujó a un lado con el pie.

Alguien se puso de pie en el fondo del comedor y canturreó:

—¡Quítatelo! ¡Quítatelo!

Otras voces se le unieron.

—¿Es que nadie va a detenerla? —resopló Bonnie.

Elena se puso de pie. La última vez que se había acercado a Vickie, la muchacha había gritado y le había pegado. Pero en aquel momento, cuando ella se acercó, Vickie le dedicó la sonrisa de una conspiradora. Sus labios se movieron, pero Elena no consiguió descifrar qué decía en medio de los cánticos.

—Vamos, Vickie. Salgamos de aquí —dijo.

Los cabellos color castaño claro de la muchacha se agitaron hacia atrás y ella jaló el tirante del sujetador.

Elena se inclinó para recoger el suéter y colocarlo sobre los delgados hombros de la muchacha. Al hacerlo, al tocar a Vickie, aquellos ojos entrecerrados se abrieron de par en par, otra vez como los de un cervatillo asustado. Vickie miró a su alrededor con ojos desorbitados, como si acabaran de despertarla de un sueño. Bajó los ojos para mirarse y su expresión se convirtió en una mueca de incredulidad. Envolviéndose aún más en el suéter, retrocedió, tiritando.

El comedor volvía a estar en silencio.

—Todo está bien —dijo Elena en tono tranquilizador—. Vámonos.

Al escuchar sonido de su voz, Vickie dio un brinco como si la hubieran tocado con un cable eléctrico, luego miró fijamente a Elena y entonces entró en acción como un estallido.

—¡Tú eres una de ellos! ¡Te vi! ¡Eres malvada!

Se dio media vuelta y huyó descalza del comedor, dejando a Elena atónita.

8

—¿Saben qué lo más curioso de lo que hizo Vickie en la escuela? Me refiero a algo más que todas las cosas obvias —dijo Bonnie mientras lamía la cobertura de chocolate impregnada en sus dedos.

—¿Qué? —preguntó Elena sin ánimos.

—Bueno, el modo en que terminó, en ropa interior. Tenía el mismo aspecto que cuando la encontramos en la carretera, sólo que entonces también estaba toda llena de arañazos.

—Arañazos de gato, pensamos —dijo Meredith mientras engullía el último bocado de su pastel.

La muchacha parecía hallarse en uno de sus estados de ánimo silenciosos y meditabundos. Justo en aquel momento contemplaba atentamente a Elena.

—Pero eso no parece muy probable.

Elena le devolvió la mirada directamente.

—A lo mejor cayó entre algunas plantas espinosas —indicó—. Ahora, chicas, si ya terminaron de comer, ¿quieren ver la primera nota?

Dejaron los platos en el fregadero y ascendieron la escalera en dirección al dormitorio de Elena, quien sintió que se ruborizaba mientras las otras dos muchachas leían la nota. Bonnie y Meredith eran sus mejores amigas, quizá sus únicas amigas ahora, y ya con anterioridad les había leído pasajes de su diario, pero esto era diferente. Era el sentimiento más humillante que había experimentado nunca.

—¿Y entonces? —le dijo a Meredith.

—La persona que escribió esto mide un metro cincuenta y seis, camina con una leve cojera y usa bigote postizo —canturreó Meredith—. Lo siento —añadió al ver el rostro de Elena—. No es divertido. En realidad, no hay mucho con qué guiarnos, ¿no es cierto? La escritura parece la de un chavo, pero el papel parece femenino.

—Y todo el asunto tiene una especie de toque femenino —añadió Bonnie, brincando ligeramente sobre la cama de Elena—. Bueno, pues sí lo tiene —dijo a la defensiva—. Citarte algunos fragmentos de tu diario es la clase de cosa en que pensaría una mujer. A los hombres no les interesan los diarios.

—Tú, simplemente, no quieres que sea Damon —replicó Meredith—. Yo creo que deberías estar más preocupada porque haya sido un asesino psicópata que un ladrón de diarios.

—No lo sé; los asesinos tienen algo de romántico. Imagina morir con sus manos alrededor de tu garganta. Te estaría estrangulando, y lo último que verías sería su rostro.

Llevándose las manos a su propia garganta, Bonnie jadeó y expiró trágicamente, para terminar tendida sobre la cama.

—Puede tenerme cuando quiera —declaró, con los ojos aún cerrados.

Los labios de Elena estuvieron a punto de decir: «¿Es que no te das cuenta de que esto es serio?», pero en cambio inspiró con un siseo.

—Oh, cielos —dijo, y corrió hacia la ventana.

El día era húmedo y sofocante, y se había abierto la ventana. Afuera, sobre las ramas esqueléticas del árbol de membrillo había un cuervo.

Elena bajó la ventana con tanta violencia que el cristal se agitó y tintineó. El cuervo la contempló a través de los temblorosos cristales con ojos que parecían de obsidiana. EL arco iris brillaba trémulamente en su reluciente plumaje negro.

—¿Por qué dijiste eso? —dijo, volteando hacia Bonnie.

—¡Eh!, no hay nadie ahí afuera —indicó Meredith con suavidad—. A menos que tomes en cuenta los pájaros.

Elena les dio la espalda. El árbol estaba vacío ahora.

—Lo siento —dijo Bonnie con humildad, un momento después—. Es simplemente que todo esto no parece real a veces; incluso que el señor Tanner esté muerto no parece real. Y Damon parecía..., bueno, excitante. Pero peligroso. Puedo creer que sea peligroso.

—Y, además, no te apretaría el cuello: te lo cortaría —dijo Meredith—. O al menos eso fue lo que le hizo a Tanner. Pero el anciano de debajo del puente tenía la garganta desgarrada, como si lo hubiera hecho algún animal. —Meredith miró a Elena para que se lo aclarara—. Damon no tiene un animal, ¿verdad?

—No; no lo sé.

De improviso, Elena se sintió muy cansada. Estaba preocupada por Bonnie y por las consecuencias de aquellas estúpidas palabras.

«Puedo hacerte cualquier cosa a ti y a los que amas», recordó. ¿Qué podría hacer Damon ahora? No lo comprendía. Era diferente cada vez que se encontraban. En el gimnasio había sido provocador, riéndose de ella. Pero la vez siguiente habría jurado que había hablado en serio, recitándole poesía, intentando conseguir que se fuera con él. La semana anterior, con el viento helado del cementerio soplando violentamente a su alrededor, se había mostrado amenazador y cruel. Y bajo sus palabras burlonas de la noche anterior había percibido la misma amenaza. No podía predecir lo que haría a continuación.

Pero, sucediera lo que sucediera, tenía que proteger a Bonnie y a Meredith de él. Más aún cuando no podía advertirles adecuadamente del peligro.

¿Y qué estaba tramando Stefan? Lo necesitaba justo en aquel momento, más que a nadie. ¿Dónde estaba?

Empezó aquella mañana.

—Deja que lo entienda bien —dijo Matt, recostándose contra la carrocería arañada de su viejo Ford sedán cuando Stefan lo abordó antes de la hora de ir a la escuela—. Quieres que te preste mi carro.

—Sí —respondió Stefan.

—Y la razón de que quieras que te lo preste son unas flores. Quieres conseguir unas flores para Elena.

—Sí.

—Y esas flores en particular, esas flores que tienes que conseguir, no crecen por aquí.

—Podría ser que sí. Pero su época de floración ya terminó en la zona norte. Y las heladas habrán acabado con ellas de todos modos.

—Así que quieres ir al sur..., ¿qué tan al sur?, no lo sabes..., para encontrar esas flores que sencillamente tienes que conseguir para Elena.

—O al menos algunas plantas —dijo Stefan—. Aunque preferiría conseguir la flores.

—Y puesto que la policía todavía tiene tu coche, quieres tomar prestado el mío, durante el tiempo que necesites para ir al sur y encontrar esas flores que tienes que darle a Elena.

—Imagino que el coche es el modo menos llamativo de abandonar la ciudad —explicó Stefan—. No quiero que la policía me siga.

—¡Ajá! Y por eso quieres mi coche.

—Sí. ¿Me lo vas a prestar?

—¿Voy a prestarle mi carro al tipo que me robó la novia y que ahora quiere efectuar una excursión hacia el sur en busca de alguna clase de flores especiales que es imperioso que ella tenga? ¿Estás loco?

Matt, que había estado mirando con fijeza por encima de los tejados de las casas de madera del otro lado de la calle, volteó la cabeza finalmente para mirar a Stefan. Sus ojos azules, por lo general joviales y directos, estaban llenos de total incredulidad y coronados por unas cejas crispadas y fruncidas.

Stefan miró para otro lado. Debería haberlo imaginado. Después de todo lo que Matt ya había hecho por él, esperar más era ridículo. En especial en esos días, cuando la gente retrocedía asustada ante el sonido de sus pisadas y evitaba sus ojos cuando él se acercaba. Esperar que Matt, que tenía el mejor de los motivos para estar molesto con él, le hiciera un favor sin una explicación, únicamente sobre la base de la fe, era realmente cosa de locos.

—No, no estoy loco —dijo en voz baja, y se dio media vuelta para alejarse.

—Tampoco yo —había dicho Matt—. Y tendría que estar loco para entregarte mi coche. Diablos, no. Iré contigo.

Cuando Stefan volteó hacia él, Matt miraba el carro en lugar de mirarlo a él y tenía el labio inferior proyectado hacia afuera en un cauteloso mohín juicioso.

—Al fin y al cabo —prosiguió, frotando la cubierta de vinil que se despegaba del techo—, podrías arañar la pintura o algo parecido.

Elena volvió a depositar la bocina en el aparato telefónico. Obviamente, había alguien en la casa de huéspedes, porque alguien descolgaba el teléfono cuando sonaba, pero después no había más que silencio, y luego el chasquido de la desconexión. Sospechó que era la señora Flowers, pero eso no le decía nada sobre el paradero de Stefan. Instintivamente, quería acudir a su lado. Pero estaba oscuro afuera, y Stefan le había advertido específicamente que no saliera cuando oscureciera y, muy especialmente, que no fuera a ningún lugar que estuviera cerca del cementerio o del bosque. La casa de huéspedes estaba cerca de ambos.

—¿No responde? —inquirió Meredith cuando Elena regresó y se sentó en la cama.

—No hace más que colgarme —respondió la muchacha, y murmuró algo en voz baja.

—¿Dijiste que es medio bruja?

—No, pero rima con eso —respondió Elena.

—Mira —dijo Bonnie, incorporándose en la cama—; si Stefan te va a llamar, llamará aquí. No hay motivo para que vengas a pasar la noche conmigo.

Sí había un motivo, aunque Elena no podía explicarlo exactamente, ni siquiera a sí misma. Al fin y al cabo, Damon había besado a Bonnie en la fiesta de Alaric Saltzman, así que, para empezar, era culpa de Elena que Bonnie estuviera en peligro.

De algún modo sentía que si al menos estaba cerca, podría proteger a su amiga.

—Mi madre, mi padre y Mary están en la casa —insistió Bonnie—. Y cerramos todas las puertas y ventanas y todo desde que asesinaron al señor Tanner. Este fin de semana mi papá incluso puso otros cerrojos. No veo qué podrías hacer tú.

Elena tampoco, pero iría de todos modos.

Le dejó a su tía Judith un mensaje para Stefan en el que le decía dónde estaba. Seguía habiendo una actitud embarazosa entre ella y su tía. Y la habría, se dijo Elena, hasta que la tía Judith cambiara de modo de pensar respecto a Stefan.

En casa de Bonnie le dieron una habitación que había pertenecido a una de sus hermanas, que estaba ahora en la universidad. Lo primero que hizo fue revisar la ventana. Estaba cerrada y asegurada con un cerrojo, y afuera no había nada por donde alguien pudiera trepar, como un tubo de desagüe o un árbol. Del modo más discreto posible, inspeccionó también la habitación de Bonnie y todas aquellas en las que pudo entrar. Bonnie tenía razón: estaban todas bien selladas desde el interior. Nada podría entrar desde el exterior.

Permaneció tumbada en la cama mucho rato aquella noche, con la vista clavada en el techo, incapaz de dormir. No dejaba de recordar a Vickie, efectuando como en sueños un *striptease* en el comedor. ¿Qué le pasaba a aquella chica? Tendría que acordarse de preguntárselo a Stefan la próxima vez que lo viera.

Pensar en Stefan resultaba agradable, incluso con todas las cosas terribles que habían sucedido recientemente. Elena sonrió en la oscuridad, dejando vagar la mente. Algún día, toda aquella hostilidad terminaría, y ella y Stefan podrían planear una vida juntos. Desde luego, él no había dicho realmente nada sobre ello, pero Elena, por su parte, estaba segura: se casaría con Stefan o con nadie. Y Stefan no se casaría con nadie que no fuera ella...

La transición al sueño fue tan suave y gradual que apenas la advirtió. Pero de algún modo supo que estaba soñando. Era como si una pequeña parte de ella se mantuviera aparte y observara el sueño como si fuera una representación teatral.

Estaba sentada en un largo pasillo, cubierto de espejos en un lado y de ventanas en el otro. Ella estaba esperando algo. Entonces vio un destello de movimiento, y Stefan estaba afuera frente a la ventana. Tenía el rostro pálido y los ojos estaban doloridos y enojados. Ella se acercó a la ventana, pero no podía oír lo que él decía debido al cristal. En una mano, él sostenía un libro con tapas de terciopelo azul, y no hacía más que señalarlo y preguntarle algo; después dejó caer el libro y se dio media vuelta.

—¡Stefan, no te vayas! ¡No me dejes! —gritó.

Sus dedos se aplastaron contra el cristal. Entonces advirtió que había una manija a un lado de la ventana y la abrió, llamándolo. Pero él había desaparecido, y en el exterior sólo vio niebla blanca arremolinada.

Desconsolada, se apartó de la ventana y empezó a recorrer el pasillo. Su propia imagen brilló tenue en un espejo tras otro a medida que pasaba ante ellos. Luego, algo en uno de los reflejos captó su mirada. Los ojos eran sus ojos, pero había una nueva expresión en ellos, una astuta mirada rapaz. Los ojos de Vickie habían tenido ese aspecto mientras se desvestía. Y había algo inquietante y hambriento en su sonrisa.

Mientras observaba de pie, inmóvil, la imagen empezó a girar de improviso sobre sí misma una y otra vez, como si danzara. Elena se sintió invadida por el horror. Empezó a correr pasillo adelante, pero ahora todos los reflejos tenían vida propia, danzando, llamándola y riéndose de ella. Justo cuando pensaba que su corazón y sus pulmones iban a estallar de terror, alcanzó el final del pasillo y abrió de par en par una puerta.

Estaba de pie en una habitación grande y hermosa. El techo alto estaba profusamente esculpido e incrustado de oro; las entradas estaban recubiertas de mármol blanco. Había estatuas clásicas colocadas en nichos a lo largo de las paredes. Elena no había visto nunca una habitación de tal magnificencia, pero sabía dónde estaba: en la Italia del Renacimiento, cuando Stefan permanecía vivo.

Bajó los ojos para mirarse y vio que llevaba un vestido como el que se había hecho confeccionar para Halloween, el vestido de baile de estilo renacimiento de color azul pálido. Pero el vestido que llevaba ahora era de un intenso rojo rubí, y alrededor de la cintura lucía una fina cadena engarzada con brillantes piedras rojas. Las mismas gemas adornaban sus cabellos. Cuando se movía, la seda centelleaba igual que llamas bajo la luz de cientos de antorchas.

En el extremo opuesto de la habitación, dos puertas se abrieron hacia el interior, y una figura apareció entre ellas. Avanzó hacia ella, y vio que era un joven ataviado con prendas del Renacimiento: jubón y calzas y justillo ribeteado en piel.

¡Stefan! Empezó a avanzar hacia él con ansiedad, sintiendo cómo el peso de su vestido se balanceaba desde la cintura. Pero cuando llegó más cerca se detuvo, aspirando con fuerza. Era Damon.

Él siguió caminando hacia ella, seguro de sí mismo, despreocupado. Sonreía de modo desafiante. Al llegar ante ella se colocó la mano sobre el corazón e hizo una reverencia; después le tendió la mano como retándola a tomarla.

—¿Te gusta bailar? —preguntó.

Sólo que sus labios no se movieron. La voz estaba en la mente de Elena.

Su miedo se esfumó y lanzó una carcajada. ¿Qué le pasaba, para haber sentido miedo de él? Se comprendían bien mutuamente. Pero en lugar de tomar su mano le dio la espalda, con la seda del vestido girando tras ella, y avanzó con paso ligero hacia una de las estatuas situadas a lo largo de la pared, sin mirar atrás para ver si la seguía. Sabía que lo haría. Fingió estar absorta mirando la estatua, apartándose una y otra vez cuando él la alcanzaba, a la vez que se mordía el labio para contener la risa. Se sentía maravillosamente en aquel momento, tan viva, tan hermosa... ¿Peligroso? Desde luego, aquel juego era peligroso. Pero siempre había disfrutado con el peligro.

La siguiente vez que él se acercó, ella le dirigió una veloz mirada insinuante mientras giraba. Él alargó la mano, pero atrapó únicamente la cadena enjoyada de su cintura. La soltó rápidamente y, al mirar atrás, ella vio que la punta metálica donde estaba engarzada una de las gemas le había hecho un corte.

La gota de sangre que brotaba del dedo era exactamente del color de su vestido. Los ojos de Damon la miraron veloces de soslayo, y sus labios se curvaron en una sonrisa provocadora mientras alzaba el dedo herido. «No te atreverás», decían aquellos ojos.

«¿Crees que no me atreveré?», le dijo Elena con sus propios ojos y, con descaro, tomó la mano que le tendía y la sostuvo un instante, provocándolo. Luego acercó el dedo a sus labios.

Después de unos instantes, la soltó y levantó los ojos hacia él.

—Me gusta bailar —dijo, y descubrió que, al igual que él, podía hablar con la mente. Fue una sensación emocionante. Fue hacia el centro de la habitación y aguardó.

Él la siguió con la elegancia de una bestia que acecha la presa. Sus dedos eran cálidos y duros cuando sujetaron los de ella.

Había música, aunque se desvanecía por ratos y sonaba lejana. Damon apoyó la otra mano sobre su cintura, y ella sintió la calidez de sus dedos contra su cuerpo. Levantó un poco el vestido y empezaron a bailar.

Fue delicioso, como volar, y su cuerpo conocía cada movimiento que efectuaban. Bailaron dando vueltas y más vueltas por aquella habitación vacía, en perfecta sincronización, juntos.

Él reía mirándola, los oscuros ojos centelleando divertidos. Ella se sentía hermosa, preparada y alerta y lista para cualquier cosa. No recordaba cuándo se había divertido tanto.

Poco a poco, no obstante, la sonrisa de él se desvaneció y su baile fue deteniéndose. Por fin, ella se quedó inmóvil en el círculo de sus brazos. Los ojos oscuros de Damon ya no aparecían divertidos, sino feroces y ardientes. Ella lo miró con sobriedad, sin sentir miedo. Y por vez primera sintió como si soñara; se sintió ligeramente mareada y muy lánguida y débil.

La habitación se tornaba borrosa a su alrededor. Sólo veía los ojos de Damon, y éstos hacían que se sintiera cada vez más adormilada. Permitió que sus propios ojos se entrecerraran, que la cabeza cayera hacia atrás. Suspiró.

Ahora podía percibir la mirada de él sobre sus labios, sobre su garganta. Sonrió para sí y dejó que sus ojos se cerraran completamente.

Él sostenía ya todo su cuerpo, impidiendo que cayera al piso. Notó sus labios sobre la piel de su cuello, ardientes como si tuviera fiebre. Entonces sintió la punzada, como el piquete de dos agujas. Se le pasó en seguida, no obstante, y ella se relajó ante el placer de sentir que le extraían la sangre.

Recordaba esa sensación, la sensación de flotar sobre un lecho de luz dorada. Una languidez deliciosa recorrió todos sus miembros. Se sentía somnolienta, como si resultara demasiada molestia moverse. De todos modos, no quería moverse: se sentía demasiado bien.

Sus dedos descansaban sobre los cabellos de Damon, sujetando su cabeza contra ella. Ociosamente, los hizo pasar por entre los suaves mechones oscuros. El cabello del joven era como seda, cálido y vivo bajo sus dedos. Cuando abrió los ojos, vio que reflejaban un arco iris a la luz de las velas. Rojos y azules y morados, igual que... igual que plumas...

Y entonces todo se hizo pedazos. De improviso sentía dolor en el cuello, como si le estuvieran arrancando el alma. Empujaba a Damon, lo arañaba, intentaba apartarlo por la fuerza. En sus oídos resonaron graznidos. Damon luchaba contra ella, pero no era Damon: era un cuervo. Alas enormes la golpeaban, aleteando con violencia en el aire.

Elena tenía los ojos abiertos. Estaba despierta y gritaba. El salón de baile había desaparecido y estaba en una habitación a oscuras. Pero la pesadilla la había seguido. Incluso mientras alargaba la mano para encender la luz, aquello volvió a arremeter contra ella, con las alas azotando su rostro, el pico afilado dirigiéndose hacia ella.

Elena lo golpeó, manteniendo una mano alzada para protegerse los ojos. Seguía gritando. No podía liberarse de él; aquellas alas terribles no dejaban de agitarse frenéticamente, con un sonido igual al de un millar de mazos de cartas que eran barajadas al mismo tiempo.

La puerta se abrió de golpe, y escuchó gritos. El cuerpo cálido y pesado del cuervo la golpeó, y sus alaridos aumentaron de volumen. Entonces sintió que alguien la sacaba de la cama y se encontró de pie, protegida tras el padre de Bonnie, que tenía una escoba y golpeaba al pájaro con ella.

Bonnie estaba en el umbral. Elena corrió a sus brazos. El padre de Bonnie gritaba, y entonces se escuchó el sonido de una ventana que se cerraba de golpe.

—Ya se fue —anunció el señor McCullough, respirando con dificultad.

Mary y la señora McCullough estaban en el pasillo, cubiertas con batas.

—Estás herida —le dijo sorprendida la señora McCullough a Elena—. Esa cosa horrible te dio un picotazo.

—Estoy bien —respondió Elena, retirando un poco de sangre de su rostro.

La muchacha estaba tan trastornada que sus rodillas estaban a punto de doblarse.

—¿Cómo entró? —preguntó Bonnie.

El señor McCullough estaba inspeccionando la ventana.

—No deberías haber dejado esto abierto —dijo—. ¿Y para qué querrías descorrer los cerrojos?

—No lo hice —exclamó Elena.

—Estaban descorridos y la ventana abierta cuando te oí gritar y entré —dijo el padre de Bonnie—. No sé quién podría haberlos abierto, excepto tú.

Elena ahogó sus protestas. Vacilante, con cautela, fue hacia la ventana. Él tenía razón: los cerrojos habían sido descorridos. Y eso sólo se podía haber hecho desde el interior.

—A lo mejor has estado caminando en sueños —le dijo Bonnie, llevándose a Elena lejos de la ventana, mientras su padre empezaba a colocar los cerrojos otra vez—. Será mejor que te limpiemos esto.

Sonambulismo. De repente todo el sueño regresó como un torrente a Elena: el pasillo de espejos, el salón de baile y Damon. Bailando con Damon. Se desasió de la mano de Bonnie.

—Lo haré yo misma —dijo, escuchando cómo su voz temblaba casi al borde de la histeria—. No... de veras... quiero hacerlo.

Escapó hacia el interior del cuarto de baño y permaneció con la espalda volteada hacia la puerta cerrada, intentando respirar.

Lo último que deseaba era mirarse en el espejo. Pero finalmente, despacio, se aproximó al que había sobre el lavamanos, estremeciéndose a medida que veía el extremo de su reflejo, avanzando centímetro a centímetro hasta quedar enmarcada en la plateada superficie.

Su imagen le devolvió la mirada, espantosamente pálida, con unos ojos que aparecían amoratados y asustados. Había profundas sombras debajo de ellos y manchas de sangre en el rostro.

Muy despacio, giró la cabeza ligeramente y levantó sus cabellos. Casi lanzó un grito en voz alta al ver lo que había debajo.

Dos heridas diminutas, frescas y abiertas en la piel del cuello.

9

—Sé que voy a lamentar haberlo preguntado —dijo Matt, desviando sus ojos enrojecidos del panorama de la carretera a Stefan, sentado en el asiento del pasajero junto a él—. Pero, ¿puedes decirme por qué queremos conseguir estos superespeciales, no disponibles localmente, hierbajos semitropicales para Elena?

Stefan miró hacia el asiento posterior, donde reposaban los resultados de la búsqueda llevada a cabo en setos y zonas herbáceas. Las plantas, con sus verdes tallos ramificados y sus pequeñas hojas dentadas, ciertamente se parecían más a hierbajos que a cualquier otra cosa. Los secos restos de flores en los extremos de los brotes eran casi invisibles, y nadie podía imaginar siquiera que aquellos brotes resultaran decorativos.

—¿Y si dijera que se pueden usar para elaborar un elixir totalmente natural? —sugirió después de un momento de reflexión—. ¿O un té de hierbas?

—¿Por qué? ¿Estabas pensando en decir algo parecido?

—En realidad, no.

—Bien. Porque si lo hicieras, yo probablemente te tumbaría de un puñetazo.

Sin mirar a Matt, Stefan sonrió. Había algo nuevo que se agitaba en su interior, algo que no había sentido durante casi cinco siglos, excepto con Elena. Aceptación. Calidez y amistad compartidas con otro ser humano que no conocía la verdad sobre él, pero que confiaba en él de todos modos. No estaba seguro de merecerlo, pero no podía negar lo que significaba para él. Casi le hacía sentirse... humano otra vez.

Elena contempló fijamente la imagen del espejo. No había sido un sueño. No por completo. Las heridas del cuello lo probaban. Y ahora que las había visto, advirtió la sensación de mareo, de letargo.

Era su propia culpa. Se había esforzado tanto en advertirles a Bonnie y a Meredith de que no invitaran a desconocidos a entrar en sus casas... Y todo el tiempo había olvidado que ella misma había invitado a Damon a entrar en la casa de Bonnie. Lo había hecho aquella noche en que había organizado la cena silenciosa en el comedor de Bonnie y gritado a la oscuridad: «Entra».

Y la invitación se mantenía para siempre. Él podía regresar en cualquier momento que quisiera, incluso ahora. Especialmente ahora, mientras ella estaba débil y podría ser hipnotizada fácilmente para que volviera a abrir la ventana.

Salió tambaleante del cuarto de baño, pasando junto a Bonnie de camino a la habitación de invitados. Agarró su bolsa y empezó a meter cosas en ella.

—¡Elena, no puedes irte a tu casa!

—No puedo quedarme aquí —respondió ella.

Paseó la mirada por la habitación en busca de los zapatos, los descubrió junto a la cama y fue hacia ellos. Entonces se detuvo, con un sonido ahogado. Descansando sobre las ropas arrugadas de la cama había una solitaria pluma negra. Era enorme, horriblemente enorme y real y sólida, con un grueso cañón de aspecto ceroso. Resultaba casi obscena descansando allí sobre las blancas sábanas de algodón.

Una sensación de náusea se apoderó de Elena, que volteó la cabeza. No podía respirar.

—Está bien, de acuerdo —dijo Bonnie—. Si te sientes así, haré que mi papá te lleve a tu casa.

—Tienes que venir tú también.

A Elena acababa de venirle a la mente la idea de que Bonnie no estaba más segura en aquella casa de lo que lo estaba ella. «Tú y tus seres queridos», recordó, y giró para sujetar el brazo de su amiga.

—Tienes que venir. Te necesito conmigo.

Y al final se salió con la suya. Los McCullough pensaron que estaba histérica, que reaccionaba de forma exagerada, que posiblemente estaba padeciendo una crisis nerviosa. Pero finalmente cedieron. El señor McCullough las llevó a ella y a Bonnie en su coche a la casa de los Gilbert, donde, sintiéndose igual que ladrones, abrieron la puerta con la llave y se deslizaron hacia el interior sin despertar a nadie.

Incluso aquí, Elena no podía dormir, y permaneció tendida junto a Bonnie, que respiraba quedamente, mirando en dirección a la ventana del dormitorio. En el exterior, las ramas del árbol de membrillo chirriaban contra el cristal, pero nada más se movió hasta el amanecer.

Fue entonces cuando oyó el coche. Habría reconocido el sibilante sonido del motor de Matt en cualquier parte. Alarmada, fue de puntillas hasta la ventana y miró afuera a la quietud del alba de otro día gris. Luego corrió escaleras abajo y abrió la puerta principal.

—¡Stefan!

En toda su vida, nunca se había alegrado tanto de ver a alguien. Se abalanzó sobre él antes de que el joven pudiera siquiera cerrar la portezuela del coche. Él se tambaleó hacia atrás por la fuerza del impacto, y ella pudo percibir su sorpresa. Por lo general, ella no era tan efusiva en público.

—¡Eh! —dijo él, devolviendo el abrazo con suavidad—. También yo me alegro, pero no aplastes las flores.

—¿Flores?

Se apartó para mirar lo que él sostenía; a continuación, lo miró al rostro. Luego a Matt, que emergía del otro lado del coche. El rostro de Stefan estaba pálido y demacrado; el de Matt, hinchado por el cansancio y con los ojos enrojecidos.

—Será mejor que entren —dijo por fin, desconcertada—. Los dos tienen un aspecto horrible.

—Es verbena —explicó Stefan un poco más tarde.

Elena y él estaban sentados ante la mesa de la cocina. A través del vano abierto de la puerta, se podía ver a Matt tendido en el sofá de la sala, roncando con suavidad. Se había dejado caer allí después de devorar tres platos de cereal. La tía Judith, Bonnie y Margaret seguían arriba, dormidas, pero Stefan mantuvo la voz baja.

—¿Recuerdas lo que te dije sobre ella? —preguntó.

—Dijiste que ayuda a mantener la mente clara incluso cuando alguien está utilizando Poder para influenciarla.

Elena se sintió orgullosa de lo firme que sonó su voz.

—Correcto. Y ésa es una de las cosas que Damon podría intentar. Puede usar el poder de su mente incluso a distancia, y puede hacerlo tanto si estás despierta como si estás dormida.

Las lágrimas inundaron los ojos de la muchacha, y ésta los bajó para ocultarlas, contemplando los largos y finos tallos con restos secos de diminutas flores lila en las puntas.

—¿Dormida? —preguntó, temiendo que en esta ocasión su voz no fuera tan firme.

—Sí; podría influenciarte para que salgas de la casa, digamos, o para que lo dejes entrar. Pero la verbena debería impedirlo.

Stefan parecía cansado, pero satisfecho consigo mismo.

«¡Ah!, Stefan, si tú supieras», pensó Elena. El regalo había llegado con una noche de retraso. Pese a todos sus esfuerzos, una lágrima cayó, goteando sobre las largas hojas verdes.

—¡Elena! —Su voz sonó sobresaltada—. ¿Qué sucede? Cuéntamelo.

Intentaba mirarla a la cara, pero ella inclinó la cabeza, presionándola contra su hombro. Él la rodeó con sus brazos, sin intentar obligarla a levantarla otra vez.

—Cuéntamelo —repitió en voz baja.

Era el momento. Si iba a contárselo alguna vez, debía ser ahora. Sentía la garganta ardiente e inflamada, y deseaba dejar que las palabras que llevaba dentro brotaran al exterior.

Pero no podía. «No importa lo que suceda, no permitiré que peleen por mí», pensó.

—Es sólo que... estaba preocupada por ti —consiguió decir—. No sabía a dónde habías ido o cuándo ibas a regresar.

—Debería habértelo contado. Pero ¿eso es todo? ¿No hay nada más que te esté trastornando?

—Eso es todo.

Ahora tendría que conseguir que Bonnie jurara mantener

en secreto lo del cuervo. ¿Por qué una mentira siempre conducía a otra?

—¿Qué debemos hacer con la verbena? —preguntó, apoyándose hacia atrás en el sillón.

—Te lo mostraré esta noche. Una vez que haya extraído el aceite de las semillas, puedes frotártelo en la piel o añadirlo al agua de la bañera. Y puedes colocar las hojas secas en una bolsita y llevarla contigo o colocarla bajo la almohada por la noche.

—Será mejor que también le dé a Bonnie y a Meredith. Necesitarán protección.

Él asintió.

—Por ahora... —Rompió una ramita y la depositó en la mano de Elena— limítate a llevar esto contigo a la escuela. Voy a regresar a la casa de huéspedes para extraer el aceite. —Calló un instante y luego dijo—: Elena...

—¿Sí?

—Si creyera que iba a servirte de algo, me iría. No te expondría a Damon. Pero no creo que él fuera a seguirme si me fuera, ya no. Creo que podría quedarse..., por ti.

—Ni se te ocurra pensar en irte —dijo ella con ferocidad, alzando los ojos hacia él—. Stefan, eso es lo único que no podría soportar. Prométeme que no lo harás, prométemelo.

—No te dejaré sola con él —replicó Stefan, aunque no era exactamente lo mismo.

Pero no serviría de nada insistirle más.

En lugar de ello, le ayudó a despertar a Matt y los acompañó a ambos a la puerta. Después, con un tallo de verbena seca en la mano, caminó escaleras arriba a prepararse para ir a la escuela.

Bonnie bostezó sin parar durante el desayuno y realmente no acabó de despertar hasta que estuvieron en la calle, caminando hacia el plantel con una brisa fresca golpeándoles el rostro. Iba a ser un día frío.

—Tuve un sueño muy raro anoche —dijo Bonnie.

A Elena el corazón le dio un brinco. Ya había introducido un ramito de verbena dentro de la mochila de su amiga, allá en el fondo, donde Bonnie no podría verlo. Pero si Damon había llegado hasta Bonnie la noche anterior...

—¿Sobre qué? —inquirió, haciendo acopio de valor.

—Sobre ti. Te vi de pie bajo un árbol y el viento soplaba. Por algún motivo, te tenía miedo y no quería acercarme más. Parecías... diferente. Muy pálida, pero casi resplandecías. Y entonces un cuervo descendió volando del árbol, y tú alargaste el brazo y lo agarraste en el aire. Fuiste tan rápida que parecía increíble. Y a continuación miraste hacia mí, con esa expresión rara. Sonreías, pero la sonrisa hizo que yo sintiera ganas de huir. Y luego le retorciste el cuello al cuervo, y éste murió.

Elena, que había escuchado aquello con creciente horror, le respondió:

—Es un sueño repugnante.

—Lo es, ¿no es cierto? —dijo Bonnie con serenidad—. Me pregunto qué significa. Los cuervos son pájaros de mal agüero en las leyendas. Pueden predecir una muerte.

—Probablemente significa que sabías lo trastornada que estaba tras encontrar aquel cuervo en la habitación.

—Sí —dijo Bonnie—. Excepto por una cosa. Tuve este sueño antes de que nos despertaras a todos gritando.

Ese día, a la hora del almuerzo, había otro pedazo de papel violeta en el tablero de anuncios. Éste, no obstante, se limitaba a indicar: MIRA EN RECADOS PERSONALES.

119

—¿Qué recados personales? —preguntó Bonnie.

Meredith, que se acercaba en aquel momento con un ejemplar de *El gato montés*, el periódico semanal de la escuela, proporcionó la respuesta.

—¿Ya vieron esto? —inquirió.

Estaba en la sección personal, completamente anónimo, sin encabezado ni firma. *No soporto la idea de perderlo. Pero se siente muy desdichado por algo, y si él no quiere decirme lo que es, si no quiere confiar en mí, no veo ninguna esperanza para nosotros.*

Al leerlo, Elena sintió un estallido de energía nueva por encima de todo de su cansancio. Dios, cómo odiaba a quienes estuvieran haciendo aquello. Se imaginó disparándoles, apuñalándolos, contemplando cómo caían. Y luego, vívidamente, imaginó algo más. Jalar hacia atrás de los cabellos al ladrón y hundirle los dientes en la garganta indefensa. Fue una visión extraña e inquietante, pero por un momento casi pareció real.

Advirtió que Bonnie y Meredith la miraban.

—¿Qué pasa? —dijo, sintiéndose ligeramente incómoda.

—Me di cuenta de que no nos escuchabas. —Suspiró Bonnie—. Acabo de decir que sigue sin parecerme obra de Da..., obra del asesino. No creo que un asesino sea tan mezquino.

—No obstante lo mucho que me disgusta estar de acuerdo con ella, tiene razón —dijo Meredith—. Esto huele a que se trata de alguien taimado. Alguien que te guarda rencor de un modo personal y que realmente quiere hacerte sufrir.

Se había acumulado saliva en la boca de Elena, y ésta la tragó.

—También alguien que esté familiarizado con la escuela. Tuvieron que llenar un formulario para poner un mensaje personal en una de las clases de periodismo —dijo.

—Y alguien que sabía que llevabas un diario, suponiendo

que lo robaran a propósito. A lo mejor estaba en una de tus clases aquel día que lo llevaste a la escuela. ¿Recuerdas? Cuando el señor Tanner casi te descubre —añadió Bonnie.

—La señorita Halpern sí me descubrió; incluso leyó una parte del diario en voz alta, un fragmento sobre Stefan. Eso fue justo después de que Stefan y yo empezáramos a salir. Espera un minuto. Esa noche en tu casa, cuando robaron el diario, ¿cuánto tiempo estuvieron las dos fuera de la sala?

—Sólo unos pocos minutos. *Yangtzé* había dejado de ladrar, y fui a la puerta para dejarlo entrar, y... —Bonnie apretó los labios y se encogió de hombros.

—Así que el ladrón tenía que estar familiarizado con la casa —dijo Meredith rápidamente—; si no, él o ella no habría podido entrar, agarrar el diario y volver a salir antes de que lo viéramos. Muy bien, pues: estamos buscando a alguien taimado y cruel que probablemente esté en una de tus clases, Elena, y que lo más probable es que esté familiarizado con la casa de Bonnie. Alguien que tiene algo personal contra ti y que no se detendrá ante nada para perjudicarte... ¡Ay, Dios mío!

Las tres se miraron fijamente.

—Tiene que ser —murmuró Bonnie—. Tiene que serlo.

—¡Somos tan estúpidas! Tendríamos que haberlo visto enseguida —dijo Meredith.

Para Elena significó la repentina comprensión de que toda la ira que había sentido al respecto antes no era nada comparada con la ira que era capaz de sentir. La llama de una vela comparada con el sol.

—Caroline —dijo, y apretó los dientes con tanta fuerza que la mandíbula le dolió.

Caroline. En aquel instante, Elena realmente se sintió capaz de matar a la muchacha de ojos verdes. Y habría salido co-

121

rriendo a intentarlo si Bonnie y Meredith no la hubieran detenido.

—Después de la clase —dijo Meredith con firmeza—, cuando podamos llevarla a algún lugar privado. Espera hasta entonces, Elena.

Pero cuando se encaminaban hacia el comedor, Elena reparó en una cabeza de cabellos color castaño rojizo que desaparecía por el pasillo de arte y música. Y recordó algo que Stefan había dicho tiempo atrás durante aquel mismo curso, sobre que Caroline lo llevaba al aula de fotografía a la hora de la comida. Para tener intimidad, había dicho Caroline.

—Adelántense ustedes; olvidé algo —dijo en cuanto Bonnie y Meredith llenaron sus bandejas en el comedor.

Después fingió estar sorda mientras salía rápidamente y retrocedía hasta el ala de arte.

Todas las aulas estaban oscuras, pero la puerta del aula de fotografía no estaba cerrada con llave. Algo hizo que Elena girara la manija con cautela y se moviera en silencio una vez adentro, en lugar de entrar como una tromba para iniciar un enfrentamiento como lo había planeado. ¿Estaba Caroline allí dentro? Si era así, ¿qué hacía sola en la oscuridad?

En un principio, la habitación pareció estar vacía. Después, Elena escuchó el murmullo de voces que salían de un pequeño hueco situado al fondo y vio que la puerta del cuarto oscuro estaba entreabierta.

En silencio, furtivamente, se encaminó hacia allí hasta encontrarse justo al otro lado de la entrada, y el murmullo de sonidos se transformó en palabras.

—Pero ¿cómo podemos estar seguros de que será ella a la que escogerán? —Aquella era Caroline.

—Mi padre está en el consejo escolar. La escogerán, estoy

seguro. —Y aquella era la voz de Tyler Smallwood, cuyo padre era abogado y estaba en todos los consejos que existían—. Además, ¿quién más podría ser? —prosiguió él—. El Espíritu de Fell's Church se supone que debe ser inteligente, además de tener buen aspecto físico.

—¿Y piensas que yo no soy inteligente?

—¿Yo dije eso? Mira, si quieres ser tú quien desfile vestida de blanco el Día del Fundador, estupendo. Pero si quieres ver cómo corren a Stefan Salvatore de la ciudad gracias al testimonio del diario de su propia novia...

—Pero, ¿por qué esperar tanto tiempo?

La voz de Tyler sonó impaciente.

—Porque de este modo arruinará también los festejos. La fiesta de los Fell. ¿Por qué tendrían ellos que llevarse el crédito de haber fundado esta ciudad? Los Smallwood estaban aquí primero.

—Ah, ¿a quién le importa quién fundó la ciudad? Todo lo que quiero es ver a Elena humillada delante de toda la escuela.

—Y a Salvatore.

El descarnado odio y la malicia de la voz de Tyler hicieron que a Elena se le erizara la piel.

—Tendrá suerte si no acaba colgado de un árbol. ¿Estás segura de que las pruebas están ahí?

—¿Cuántas veces tengo que decírtelo? Primero, dice que ella perdió el listón que le sujetaba el cabello el dos de septiembre en el cementerio. Luego, dice que Stefan la recogió ese día y lo guardó. El puente Wickery está justo al lado del cementerio. Eso significa que Stefan estaba cerca del puente el dos de septiembre, la noche que atacaron al viejo allí. Todo el mundo sabe que estaba cerca cuando ocurrieron los ataques a Vickie y a Tanner. ¿Qué más quieres?

—Jamás se sostendría ese argumento en un juicio. Tal vez

123

deberíamos conseguir alguna prueba que lo corroborara. Como preguntarle a la anciana señora Flowers a qué hora llegó a casa él esa noche.

—Ah, ¿a quién le importa? La mayoría de la gente ya cree que es culpable. El diario habla de algún gran secreto que le oculta a todo el mundo. La gente captará la idea.

—¿Lo guardas en un lugar seguro?

—No, Tyler, lo guardo sobre la mesita de café. ¿Hasta qué punto crees que soy estúpida?

—Lo bastante estúpida como para enviarle a Elena notas que la ponen sobre aviso —se escuchó el crujir de papel de periódico—. Mira esto, es increíble. Y tiene que parar; ahora. ¿Y si ella deduce quién lo tiene?

—¿Qué hará, llamar a la policía?

—Sigo queriendo que te quedes quietecita. Espera hasta el Día del Fundador, entonces contemplarás cómo se derrite la Princesa de Hielo.

—Y le diré *ciao* a Stefan. Tyler..., nadie va a hacerle daño realmente, ¿verdad?

—¿A quién le importa? —Tyler imitó, burlón, el tono que ella había usado antes—. Tú déjame eso a mí y a mis amigos, Caroline. Tú limítate a hacer tu parte, ¿de acuerdo?

La voz de Caroline descendió hasta convertirse en un susurro gutural.

—Convénceme.

Tras una pausa, Tyler lanzó una risita.

Se escuchó movimiento, sonido de ropas, un suspiro. Elena giró y se escabulló de la habitación tan silenciosamente como había entrado.

Se metió en el siguiente pasillo y luego se apoyó en los lockers que había allí, intentando pensar.

Era demasiado para asimilarlo todo al mismo tiempo. Caroline, que en una ocasión había sido su mejor amiga, la había traicionado y quería verla humillada frente a toda la escuela. Tyler, que siempre había parecido más un imbécil molesto que una auténtica amenaza, planeaba conseguir que corrieran a Stefan de la ciudad... o lo mataran. Y lo peor era que estaban usando el propio diario de Elena para hacerlo.

Ahora comprendía el inicio de su sueño de la noche anterior. Había tenido un sueño parecido el día antes de que descubriera que Stefan había desaparecido. En ambos casos, Stefan la había mirado con ojos enojados y acusadores, y luego le había arrojado un libro a los pies y le había dado la espalda.

No era un libro. Era su diario. Diario que contenía pruebas que podían ser fatales para Stefan. En tres ocasiones habían sido atacadas personas en Fell's Church, y en las tres ocasiones Stefan había estado en la escena del crimen. ¿Qué le parecería eso a la ciudad, a la policía?

Y no existía ningún modo de contar la verdad. Suponiendo que ella dijera:

—Stefan no es culpable. Es su hermano Damon, que lo odia y sabe lo mucho que Stefan detesta la idea de herir y matar. Y que ha seguido a Stefan por todas partes y atacado a gente para hacer que Stefan piense que a lo mejor lo ha hecho él, para enloquecerlo. Y que está aquí en la ciudad, en alguna parte; búsquenlo en el cementerio o en el bosque. Pero, ah, por cierto, no busquen solamente a un chavo apuesto, porque podría ser un cuervo en este momento.

»A propósito, además es un vampiro.

Ni siquiera ella lo creía. Sonaba absurdo.

Una punzada a un lado del cuello le recordó lo seria que era la absurda historia en realidad. Se sentía rara ese día, casi como si estuviera enferma. Era más que simplemente la tensión y la falta de sueño. Se sentía ligeramente mareada, y en ocasiones el piso parecía esponjoso, cediendo bajo sus pies y luego volviendo a recuperar su condición normal. Eran síntomas de gripe, aunque estaba segura de que no se debían a ningún virus en su corriente sanguínea.

Culpa de Damon, otra vez. Todo era culpa de Damon, excepto el diario. No tenía a nadie a quien culpar de esto, salvo a ella misma. Si al menos no hubiera escrito sobre Stefan, si al menos no hubiera llevado el diario a la escuela. Si al menos no lo hubiese dejado en la salita de Bonnie. Si al menos, si al menos...

En aquel momento, todo lo que importaba era que tenía que recuperarlo.

10

Sonó la campana. No había tiempo para regresar al comedor e informar a Bonnie y a Meredith. Elena fue a su siguiente clase, pasando ante los rostros volteados hacia ella y las miradas hostiles que se estaban volviendo demasiado familiares en esos días.

Fue difícil, en la clase de historia, no mirar fijamente a Caroline, impedir que Caroline supiera que lo sabía. Alaric preguntó por Matt y Stefan, que estaban ausentes por segundo día consecutivo, y Elena se encogió de hombros, sintiéndose desprotegida y expuesta. No confiaba en aquel hombre de sonrisa juvenil y ojos color avellana y en su ansia de información sobre la muerte del señor Tanner. Y Bonnie, que se limitaba a contemplar a Alaric enternecedoramente, no servía en absoluto de ayuda.

Después de la clase, captó un fragmento de la conversación de Sue Carson.

—... está de vacaciones de la facultad..., no recuerdo exactamente dónde...

Elena ya estaba cansada de mantener un silencio discreto. Giró en redondo y le habló directamente a Sue y a la chica con la que ésta conversaba, irrumpiendo sin ser invitada a su plática.

—Si yo fuera tú —le dijo a Sue—, me mantendría alejada de Damon. Lo digo en serio.

Hubo una risa sobresaltada y turbada. Sue era una de las pocas personas de la escuela que no habían evitado a Elena, y ahora tenía el aspecto de desear haberlo hecho.

—¿Quieres decir —dijo la otra muchacha en tono vacilante— que también te pertenece? O...

La risa de la propia Elena fue retadora.

—Quiero decir que es peligroso —contestó—. Y no estoy bromeando.

Se limitaron a mirarla, y Elena les ahorró la violencia de tener que responder girando sobre sus talones y alejándose. Recogió a Bonnie del grupito extraescolar de seguidores de Alaric y se encaminó hacia el locker de Meredith.

—¿Adónde vamos? Pensaba que íbamos a hablar con Caroline.

—Ya no —respondió Elena—. Espera hasta que lleguemos a la casa. Entonces les diré el motivo.

—No puedo creerlo —dijo Bonnie una hora más tarde—. Quiero decir, lo creo pero no puedo creerlo. Ni siquiera de Caroline.

—Es cosa de Tyler —dijo Elena—. Es a él a quien se le ha ocurrido el gran plan. Después dicen que a los hombres no les interesan los diarios.

—En realidad, deberíamos darle las gracias —comentó Meredith—. A él le debemos que al menos tendremos hasta el Día del

Fundador para hacer algo. ¿Por qué dijiste que sería el Día del Fundador, Elena?

—Tyler tiene algo contra los Fell.

—Pero están todos muertos —dijo Bonnie.

—Bueno, eso no parece importarle a Tyler. Recuerdo que también habló de ello en el cementerio cuando contemplábamos su tumba. Cree que les robaron a sus antepasados el lugar que les corresponde como fundadores de la ciudad, o algo así.

—Elena —dijo Meredith en tono serio—, ¿hay algo más en el diario que pueda perjudicar a Stefan? Además del asunto sobre el anciano, quiero decir.

—¿No es eso suficiente?

Con aquellos ojos firmes y oscuros fijos en ella, Elena sintió el aleteo de un malestar entre sus costillas. ¿Qué estaba preguntando Meredith?

—Suficiente para correr a Stefan de la ciudad, como dijeron ellos —le dio la razón Bonnie.

—Suficiente para que recuperemos el diario que tiene Caroline en su poder —dijo Elena—. El único problema es ¿cómo?

—Caroline dijo que lo tenía oculto en algún lugar seguro. Eso probablemente significa que está en su casa. —Meredith se mordisqueó el labio pensativamente—. Sólo tiene ese hermano que está en octavo grado, ¿verdad? Y su madre no trabaja, pero va a comprar a Roanoke con asiduidad. ¿Todavía tienen una sirvienta?

—¿Por qué? —dijo Bonnie—. ¿Qué importa eso?

—Bueno, no queremos que entre nadie mientras estamos robando en la casa.

—¿Mientras estamos qué? —La voz de Bonnie se alzó en un agudo grito—. ¡No puedes decirlo en serio!

—¿Qué se supone que debemos hacer, simplemente sentarnos y esperar hasta el Día del Fundador y dejar que lea el diario ante toda la ciudad? Ella lo robó de tu casa. Simplemente debemos traerlo de regreso —respondió Meredith con exasperante tranquilidad.

—Nos atraparán. Nos expulsarán de la escuela..., si es que no acabamos en la cárcel. —Bonnie volteó la cabeza hacia Elena en actitud suplicante—. Díselo, Elena.

—Bueno...

Con toda honradez, la expectativa inquietaba un poco a Elena. No era tanto la idea de la expulsión, o incluso de la cárcel, como la idea de ser atrapada haciéndolo. El rostro altivo de la señora Forbes flotó ante sus ojos, lleno de justificada indignación. Luego cambió por el de Caroline, riendo con rencor mientras su madre señalaba con dedo acusador a Elena.

Además, parecía tal... violación entrar en la casa de alguien cuando no había nadie allí para rebuscar entre sus posesiones. Odiaría que alguien se lo hiciera a ella.

Pero, desde luego, alguien lo había hecho. Caroline había violado la casa de Bonnie, y en aquellos instantes tenía en sus manos la más íntima posesión de Elena.

—Hagámoslo —dijo Elena con voz queda—. Pero hagámoslo con cuidado.

—¿No podemos hablarlo? —inquirió Bonnie en tono débil, paseando la mirada del rostro decidido de Meredith al de Elena.

—No hay nada de qué hablar. Tú vendrás con nosotras —le indicó Meredith—. Lo prometiste —añadió cuando Bonnie tomó aire para volver a objetar, y alzó su dedo índice.

—¡El juramento de sangre fue sólo para ayudar a Elena a conseguir a Stefan! —exclamó Bonnie.

—Vuelve a pensar —dijo Meredith—. Juraste que harías

cualquier cosa que Elena pidiera con relación a Stefan. No dijimos nada sobre un límite de tiempo o sobre «sólo hasta que Elena lo consiga».

Bonnie se quedó boquiabierta. Miró a Elena, que casi reía muy a pesar suyo.

—Es cierto —respondió ésta, solemne—. Y tú misma lo dijiste: «Jurar con sangre significa que tienes que mantener tu promesa, suceda lo que suceda».

Bonnie cerró la boca e irguió la barbilla.

—De acuerdo —replicó con tono sombrío—. Ahora estoy obligada durante el resto de mi vida a hacer lo que Elena quiera que haga respecto a Stefan. Maravilloso.

—Ésta es la última cosa que te pediré jamás —dijo Elena—. Y lo prometo. Juro que...

—¡No lo hagas! —intervino Meredith, repentinamente seria—. No lo hagas, Elena. Podrías lamentarlo más tarde.

—¿Ahora también tú te estás aficionando a las profecías? —inquirió Elena, y luego preguntó—: Así, pues, ¿cómo vamos a conseguir la llave de la casa de Caroline durante una hora más o menos?

Sábado, 9 de noviembre

Querido diario:
Lamento que haya transcurrido tanto tiempo. Últimamente he estado demasiado ocupada o demasiado deprimida —o ambas cosas— para escribir.

Además, con todo lo que ha sucedido, ya casi tengo miedo de llevar un diario. Pero necesito alguien a quien recurrir, porque justamente ahora no existe un solo ser humano, una sola persona en la Tierra, a la que no le estoy ocultando algo.

131

Bonnie y Meredith no pueden saber la verdad sobre Stefan. Stefan no puede saber la verdad sobre Damon. Tía Judith no puede saber nada de nada. Bonnie y Meredith saben lo de Caroline y lo del diario; Stefan, no. Stefan sabe lo de la verbena que uso cada día ahora; Bonnie y Meredith, no. Incluso aunque les he dado a ambas bolsitas repletas de ella. Una cosa buena: parece funcionar, o al menos no he vuelto a andar como sonámbula desde esa noche. Pero sería una mentira decir que no he estado soñando con Damon. Aparece en todas mis pesadillas.

Mi vida está llena de mentiras en estos momentos, y necesito a alguien con quien pueda ser totalmente honesta. Voy a ocultar este diario debajo de la tabla suelta del ropero, de modo que nadie lo encuentre, incluso aunque caiga muerta y vacíen mi habitación. A lo mejor alguno de los nietos de Margaret jugará allí dentro algún día y alzará la tabla y lo sacará, pero hasta entonces, nadie. Este diario es mi último secreto.

No sé por qué pienso en la muerte y en morir. Ésa es la manía de Bonnie; es ella quien piensa que sería muy romántico. Yo sé lo que es realmente: no hubo nada de romántico en ello cuando mamá y papá murieron. Simplemente, las peores sensaciones del mundo. Quiero vivir durante mucho tiempo, casarme con Stefan y ser feliz. Y no hay motivo para que no pueda hacerlo, una vez que todos estos problemas queden atrás.

Excepto que hay veces en las que me asusto y no creo eso. Y hay cositas que no deberían importar, pero que me preocupan. Como por qué Stefan lleva todavía el anillo de Katherine colgado del cuello, incluso aunque sé que me ama. Como por qué no ha dicho nunca que me ama, a pesar de que yo sé que es cierto.

No importa. Todo saldrá bien. Tiene que salir bien. Y entonces estaremos juntos y seremos felices. No hay motivo para que no podamos serlo. No hay motivo para que no podamos serlo. No hay motivo.

Elena dejó de escribir, intentando mantener la vista fija sobre las letras de la página. Pero éstas se desdibujaron, y cerró el libro antes de que una lágrima delatora pudiera caer sobre la tinta. Después fue hacia el ropero, levantó la tabla suelta con una lima de uñas metálica y colocó debajo el diario.

Llevaba la lima de uñas en el bolsillo una semana más tarde, cuando las tres, Bonnie, Meredith y ella, se detuvieron frente a la puerta trasera de la casa de Caroline.

—Apúrense —siseó Bonnie desesperada, paseando la mirada por el patio como si esperara que algo saltara sobre ellas—. ¡Vamos, Meredith!

—Ya está —dijo Meredith cuando la llave encajó por fin correctamente en la cerradura y la manija cedió mediante el giro de sus dedos—. Estamos dentro.

—¿Estás segura de que no están en casa? Elena, ¿y si regresan temprano? ¿Por qué no podíamos hacer esto de día, al menos?

—Bonnie, ¿quieres entrar de una vez? Ya hemos hablado de todo esto. La sirvienta está siempre aquí durante el día. Y no regresarán temprano hoy, al menos que alguien se enferme en Chez Louis. ¡Ahora, vamos! —dijo Elena.

—Nadie osaría ponerse enfermo en la cena de cumpleaños del señor Forbes —le dijo Meredith con tono consolador a Bonnie mientras la menuda muchacha pasaba al interior—. Estamos a salvo.

—Si tienen dinero suficiente para ir a restaurantes caros, una pensaría que podrían permitirse dejar unas cuantas luces encendidas —replicó Bonnie, negándose a dejarse consolar.

En privado, Elena le dio la razón en eso. Resultaba extraño y desconcertante vagar por la casa de otra persona en la oscuridad, y su corazón martilleó asfixiantemente mientras ascendían por la escalera. Su palma, que aferraba la linterna de mano que mostraba el camino, estaba húmeda y resbaladiza. Pero no obstante todos los síntomas físicos de pánico, su mente seguía operando con frialdad, casi con indiferencia.

—Tiene que estar en su dormitorio —dijo.

La ventana de Caroline daba a la calle, lo que significaba que tenían que ser más cuidadosas aún para que no se viera ninguna luz allí. Elena balanceó el diminuto haz de la linterna de un lado a otro con una sensación de desaliento. Una cosa era planear registrar la habitación de alguien, imaginar mentalmente la revisión eficiente y metódica de los cajones, y otra era estar realmente allí de pie, rodeada por lo que parecía un millar de lugares donde ocultar algo, y sentir miedo de tocar nada por si Caroline advertía que lo habían movido.

Las otras dos muchachas también estaban totalmente inmóviles.

—Quizá deberíamos regresar a casa —sugirió Bonnie en voz baja.

Meredith no la contradijo.

—Tenemos que intentarlo. Al menos intentarlo —dijo Elena, oyendo lo hueca y débil que sonaba su voz.

Abrió con cuidado un cajón de la cómoda alta y pasó la luz por encima de los delicados montones de ropa interior de encaje. Unos instantes de hurgar entre ellos le bastaron para comprobar que no había nada parecido a un libro debajo. Colocó bien los montoncitos y volvió a cerrar el cajón. Luego soltó el aire.

—No es tan difícil —dijo—. Lo que necesitamos es dividir la habitación y después registrarlo todo en nuestra sección, cada cajón, cada mueble, cada objeto bastante grande como para ocultar dentro un diario.

Se asignó el ropero, y lo primero que hizo fue hurgar las tablas del piso con su lima de uñas. Pero las tablas de Caroline parecían estar todas bien pegadas, y las paredes del clóset sonaron sólidas. Rebuscando entre las ropas de Caroline, encontró varias cosas que ella le había obsequiado el año anterior. Sintió la tentación de llevárselas, pero, por supuesto, no podía. Un examen de los zapatos y las bolsas de Caroline no reveló nada, incluso cuando arrastró una silla hasta allí para revisar la repisa superior del ropero a fondo.

Meredith estaba sentada en el piso examinando un montón de animales de peluche que habían sido relegados a un arcón junto con otros recuerdos infantiles. La muchacha pasó los largos y sensibles dedos sobre cada uno, buscando hendiduras en el material. Cuando llegó a un caniche esponjoso, se detuvo.

—Yo le regalé esto —murmuró—. Creo que en su décimo cumpleaños. Pensaba que lo habría tirado.

Elena no pudo ver sus ojos; la propia linterna de Meredith estaba dirigida hacia el caniche. Pero supo cómo se sentía su amiga.

—Intenté hacer las paces con ella —dijo en voz baja—. Lo hice, Meredith, en la Casa Encantada. Pero prácticamente me dijo que jamás me perdonaría por haberle quitado a Stefan. Ojalá las cosas fueran distintas, pero ella no quiere dejar que lo sean.

—De modo que ahora es la guerra.

—De modo que ahora es la guerra —dijo Elena, categórica y contundente.

Observó mientras Meredith dejaba el caniche a un lado y tomaba el siguiente animal; luego regresó a su propio registro.

Pero no tuvo mejor suerte con el tocador de la que había tenido con el clóset. Y a cada momento que transcurría se sentía más inquieta, más segura de que estaban a punto de escuchar

135

cómo se detenía un vehículo en el camino de acceso de los Forbes.

—No sirve de nada —dijo Meredith por fin, buscando con las manos debajo del colchón de Caroline—. Debe de haberlo escondido... Esperen. Hay algo aquí. Puedo tocar una esquina.

Elena y Bonnie la miraron fijamente desde lados opuestos de la habitación, momentáneamente paralizadas.

—Lo tengo. ¡Elena, es un diario!

El alivio descendió como una exhalación a través de Elena e hizo que se sintiera como un pedazo de papel arrugado que alisan y estiran. Podía volver a moverse. Respirar era maravilloso. Lo había sabido, había sabido todo el tiempo que nada realmente terrible podía sucederle a Stefan. La vida no podía ser tan cruel, no con Elena Gilbert. Todos estaban a salvo ahora.

Pero la voz de Meredith sonó perpleja.

—Es un diario. Pero es verde, no azul. Es el diario equivocado.

—¿Qué?

Elena le arrebató el pequeño cuaderno y dirigió su linterna sobre él, intentando convertir el verde esmeralda de la tapa en azul zafiro. No funcionó. Aquel diario era casi exactamente igual que el suyo, pero no era el suyo.

—Es el de Caroline —dijo estúpidamente, sin querer creerlo aún.

Bonnie y Meredith se arremolinaron junto a ella. Todas miraron el libro cerrado, y luego se miraron entre sí.

—Podría haber pistas —dijo Elena despacio.

—Es muy justo —convino Meredith.

Pero fue Bonnie quien realmente tomó el diario y lo abrió.

Elena escudriñó por encima de su hombro la letra puntiaguda e inclinada hacia atrás de Caroline, tan diferente de las mayúsculas de imprenta de las notas violeta. Al principio, sus ojos no conseguían distinguir bien, pero luego un nombre le saltó a la vista: Elena.

—Esperen. ¿Qué es esto?

Bonnie, que era la única que estaba realmente en una posición que permitiera leer más de una o dos palabras, permaneció en silencio un momento, moviendo los labios. Luego resopló.

—Escuchen esto —dijo, y leyó—: «Elena es la persona más egoísta que he conocido jamás. Todo el mundo piensa que es muy equilibrada, pero lo cierto es que es sólo frialdad. Es repugnante el modo en que la gente la adula, sin advertir jamás que no le importa un comino nadie ni nada que no sea Elena».

—¿Caroline escribió eso? ¡Quién lo dice!

Pero Elena sintió que le ardía el rostro. Era, prácticamente, lo que Matt le había dicho cuando ella andaba detrás de Stefan.

—Vamos, hay más —dijo Meredith, dándole golpecitos a Bonnie, que prosiguió en tono ofendido.

—«Bonnie resulta casi igual de imposible estos días, siempre intentando hacerse la importante. El colmo es fingir que es médium para que la gente le preste atención. Si realmente fuera médium, descubriría que Elena simplemente la está utilizando».

Hubo una pausa embarazosa, y luego Elena dijo:

—¿Eso es todo?

—No, hay un fragmento sobre Meredith: «Meredith no hace nada para detenerlo. De hecho, Meredith no hace nada; se limita a observar. Es como si no pudiera actuar; sólo puede reaccionar ante las cosas. Además, he escuchado a mis padres hablar sobre su familia..., no me sorprende que nunca la mencione». ¿Qué se supone que significa eso?

Meredith no se había movido, y Elena veía únicamente su cuello y su barbilla bajo la tenue luz. Pero la muchacha habló con voz baja y firme.

—No importa. Sigue mirando, Bonnie, en busca de algo sobre el diario de Elena.

—Busca alrededor del dieciocho de octubre. Fue cuando me lo robaron —indicó Elena, dejando a un lado sus preguntas; ya se las haría después a Meredith.

No había ninguna anotación el dieciocho de octubre ni el fin de semana siguiente; de hecho, sólo había unas pocas anotaciones en las semanas siguientes. Ninguna de ellas mencionaba el diario.

—Bueno, entonces eso da por finalizado el asunto —dijo Meredith, sentándose hacia atrás—. Este libro no sirve. A menos que queramos chantajearla con él. Ya sabes, algo como que no mostraremos el suyo si ella no muestra el tuyo.

Era una idea tentadora, pero Bonnie detectó el error.

—No hay nada malo sobre Caroline aquí; no son más que quejas sobre otras personas. Principalmente nosotras. Apuesto a que a Caroline le encantaría que lo leyeran en voz alta frente a toda la escuela. Le alegraría el día.

—Entonces, ¿qué hacemos con él?

—Devolverlo a su sitio —respondió Elena con voz cansada.

Paseó la luz de la linterna por la habitación, que a sus ojos parecía estar repleta de sutiles diferencias, en comparación con la que había visto a su llegada.

—Simplemente tendremos que seguir fingiendo que no sabemos que ella tiene mi diario, y esperar otra oportunidad.

—De acuerdo —dijo Bonnie, pero siguió hojeando el librito, dando rienda suelta de vez en cuando a un bufido o un siseo indignados—. ¿Quieren escuchar esto? —exclamó.

—No hay tiempo —dijo Elena.

Habría dicho algo más, pero en ese momento Meredith habló, y su tonó exigió la inmediata atención de todo el mundo.

—Un coche.

Hizo falta sólo un segundo para determinar que el vehículo se detenía en el camino de acceso de los Forbes. Los ojos y la boca de Bonnie estaban abiertos y redondos, y la muchacha parecía paralizada, arrodillada junto a la cama.

—¡Caminen! Vamos —dijo Elena, arrebatándole el diario—. Apaguen las linternas y salgan por la puerta trasera.

Se movían ya, Meredith apurando a Bonnie al frente. Elena se dejó caer de rodillas y alzó el edredón, jalando hacia arriba el colchón de Caroline. Con la otra mano empujó el diario hacia el frente, acomodándolo entre el colchón y los olanes que circundaban la parte baja de la cama. Los muelles finamente recubiertos se le clavaban en el brazo desde abajo, pero aún peor era el peso del enorme colchón que le caía encima. Le dio al libro unos cuantos empujoncitos más con los dedos y luego extrajo el brazo, estirando la colcha para dejarla como estaba.

Dirigió una frenética mirada, de nuevo, a la habitación mientras salía; ya no había tiempo para arreglar nada más. Mientras se movía veloz y en silencio hacia las escaleras, escuchó la llave en la puerta principal.

Lo que siguió fue una especie de espantoso juego de escondidas. Elena sabía que no la estaban persiguiendo deliberadamente, pero la familia Forbes parecía decidida a arrinconarla en su casa. Regresó por donde había llegado mientras voces y luces se materializaban en el vestíbulo al dirigirse ellos hacia las escaleras. Huyó hasta el interior de la última entrada, pasillo abajo, y ellos parecieron seguirla. Cruzaron el descansillo; estaban justo ante al dormitorio principal. Giró en dirección al cuarto de baño contiguo, pero vio encenderse las luces de repente bajo la puerta cerrada, cortándole la huida.

Estaba atrapada. Los padres de Caroline podrían entrar en cualquier momento. Vio las puertas acristaladas que daban a la terraza y tomó una decisión en ese mismo instante.

Afuera, el aire era fresco, y su respiración jadeante resultaba ligeramente visible. Una luz amarilla surgió a borbotones de la habitación contigua, y se acurrucó aún más haciaa la izquierda, manteniéndose fuera de su alcance. Luego, el sonido que había estado temiendo se escuchó con terrible claridad: el chasquido de la manija de una puerta, seguido por un ondular de cortinas hacia el interior al abrirse las puertas acristaladas.

Miró a su alrededor frenéticamente. La distancia era demasiado grande como para saltar hasta el piso, y no había nada a lo que sujetarse para descender. Eso dejaba sólo el tejado, pero tampoco había nada que le sirviera para trepar. Con todo, algún instinto le hizo intentarlo, y ya estaba sobre el barandal de la terraza y buscando a tientas algún lugar al que asirse en lo alto cuando una sombra apareció entre las vaporosas cortinas. Una mano las separó, una figura empezó a salir, y entonces Elena sintió que algo le agarraba con fuerza la mano, cerrándose sobre su muñeca e izándola hacia lo alto. Se impulsó automáticamente con los pies y se encontró trepando a gatas por la azotea cubierta de tejas de madera. Mientras intentaba tranquilizar su irregular respiración, miró hacia adelante agradecida para ver quién era su salvador... y se quedó helada.

11

—El nombre es Salvatore. Como un salvador —dijo él, y hubo un breve centelleo de dientes blancos en la oscuridad.

Elena miró hacia abajo. El alero del tejado ocultaba la terraza, pero pudo escuchar el arrastrar de pies allí abajo, aunque no eran los sonidos de una persecución y no había la menor señal de que se hubieran oído las palabras de su compañero. Al cabo de un minuto, oyó cerrar las puertas de vidrio.

—Pensaba que era Smith —dijo ella, mirando aún hacia abajo a la oscuridad.

Damon rió. Fue una risa terriblemente atractiva, sin el dejo amargo de la de Stefan. Le hizo pensar en las luces del arco iris sobre las plumas del cuervo.

Sin embargo, no se dejó engañar. Encantador como parecía, Damon era peligroso más allá de lo imaginable. Aquel cuerpo lleno de gracia, allí apoyado con desidia era diez veces más fuerte que el de un humano; aquellos perezosos ojos oscuros estaban adaptados para ver perfectamente en la noche; la mano de dedos largos que la había subido al tejado podía moverse a una velocidad imposible y, lo que era más perturbador, su mente era la mente de un asesino. Un depredador.

Podía percibirlo por debajo de la superficie. Era diferente de un humano. Había vivido tanto tiempo cazando y matando que había olvidado cualquier otro modo de vida. Y disfrutaba con ello, no luchaba contra su naturaleza como hacía Stefan, sino que se glorificaba en ella. Carecía de moral y de conciencia, y ella estaba atrapada con él allí en plena noche.

Se recostó sobre un tacón, lista para entrar en acción en cualquier momento. Debería estar furiosa con él en aquel instante, después de lo que le había hecho en su sueño. Lo estaba, pero de nada servía expresarlo. Él sabía lo furiosa que debía de estar, y se limitaría a reírse de ella si se lo contaba.

Lo observó en silencio, con suma atención, aguardando su siguiente movimiento.

Pero él no se movió. Aquellas manos que podían moverse con la rapidez de una serpiente al atacar, reposaban inmóviles sobre sus rodillas. Su expresión le recordó el modo en que la había mirado en una ocasión anterior. La primera vez que se habían visto había advertido el mismo respeto cauto y renuente en sus ojos..., excepto que entonces había habido también sorpresa en ellos. En aquellos momentos no había ninguna.

—¿No me vas a gritar? ¿Ni a desmayarte? —dijo, como ofreciéndole las opciones de costumbre.

Elena seguía observándolo. Era mucho más fuerte que ella, y más rápido, pero si necesitaba hacerlo pensaba que podría llegar al borde del tejado antes de que él la alcanzara. Era un salto de diez metros si no conseguía caer en la terraza, pero podría decidir arriesgarse. Todo dependía de Damon.

—No acostumbro a desmayarme —dijo tajante—. ¿Y por

qué tendría que gritarte? Estamos dentro de un juego. Fui estúpida esa noche y, por tanto, perdí. Me advertiste en el cementerio de las consecuencias.

Los labios de Damon se separaron soltando aire con rapidez y desvió la mirada.

—Puede que tenga que convertirte en mi Reina de las Sombras —dijo, y, hablando casi para sí, prosiguió—: He tenido muchas compañeras, chicas tan jóvenes como tú y mujeres que eran las bellezas de Europa. Pero tú eres la que quiero a mi lado. Gobernando, tomando lo que queramos cuando lo queramos. Temidos y venerados por todos los espíritus más débiles. ¿Sería eso tan malo?

—Yo soy uno de los seres débiles —dijo Elena—. Y tú y yo somos enemigos, Damon. Nunca podremos ser otra cosa.

—¿Estás segura?

La miró, y ella pudo sentir el poder de su mente cuando tocó la de ella, como el roce de aquellos dedos largos. Pero no hubo sensación de mareo, ninguna sensación de debilidad o de sucumbir. Aquella tarde ella se había empapado bien, como siempre lo hacía en aquellos días, en un baño caliente espolvoreado de verbena seca.

En los ojos de Damon centelleó la comprensión, pero aceptó el revés con buen talante.

—¿Qué estás haciendo aquí? —preguntó con toda tranquilidad.

Fue extraño, pero no sintió ninguna necesidad de mentirle.

—Caroline tomó algo que me pertenecía. Un diario. Vine a recuperarlo.

Una nueva expresión centelleó en los oscuros ojos.

—Sin duda para proteger a mi despreciable hermano de algún modo —dijo, molesto.

—¡Stefan no está involucrado en esto!

—¿Ah, no lo está?

Elena temió que él comprendiera más de lo que ella quería.

—Es extraño, él siempre parece estar involucrado cuando hay problemas. Crea problemas. Ahora bien, si él se quedara fuera de esto...

—Si vuelves a lastimar a Stefan —dijo Elena, hablando con firmeza—, haré que lo lamentes. Encontraré algún modo de hacerte desear no haberlo hecho, Damon. Lo digo en serio.

—Ya veo. Bien, pues tendré que limitarme a trabajar contigo entonces, ¿no es cierto?

Elena no dijo nada. Se había metido en un aprieto por hablar, aceptando jugar de nuevo aquel juego letal con él. Desvió los ojos.

—Serás mía al final, lo sabes —dijo él en voz baja.

Era la voz que había usado en la fiesta, cuando había dicho: «Tranquila, tranquila». No había burla ni malicia en aquellos instantes; simplemente estaba exponiendo un hecho.

—Por las buenas o por las malas, como dicen ustedes..., esa es una buena frase..., serás mía antes de que caiga la siguiente nevada.

Elena intentó ocultar el escalofrío que sintió, pero supo que él se dio cuenta de todos modos.

—Bueno —dijo—, tienes un poco de sentido común. Tienes razón al tenerme miedo; soy la cosa más peligrosa con la que tropezarás en toda tu vida. Pero en este momento tengo una propuesta de negocios que hacerte.

—¿Una propuesta de negocios?

—Exactamente. Viniste aquí a conseguir un diario. Pero no lo has conseguido —señaló sus manos vacías—. Fracasaste, ¿no es cierto? —Como Elena no contestó, siguió diciendo—: Y puesto que no quieres que mi hermano esté involucrado, él no puede ayudarte. Pero yo puedo. Y lo haré.

—¿Lo harás?

—Desde luego. Pero tendrá un precio.

Elena lo miró fijamente. Su rostro enrojeció violentamente. Cuando consiguió hacer salir las palabras, éstas lo hicieron sólo en un susurro.

—¿Qué... precio?

Una sonrisa brilló en la oscuridad.

—Unos pocos minutos de tu tiempo, Elena. Unas cuantas gotas de tu sangre. Una hora, más o menos, que pasarás conmigo, a solas.

—Tú... —Elena no consiguió encontrar la palabra apropiada; cada uno de los epítetos que conocía resultaba demasiado suave.

—Lo obtendré de todos modos al final —dijo con un tono razonable—. Si eres honesta, lo reconocerás para ti misma. La última vez no fue la última. ¿Por qué no aceptar eso? —Su voz descendió hasta adoptar un cálido timbre íntimo—. Recuerda...

—Antes preferiría cortarme el cuello —dijo ella.

—Una idea curiosa. Pero yo puedo hacer que resulte mucho más placentero.

Se reía de ella. De algún modo, añadido a todo lo demás que había sucedido ese día, aquello era demasiado.

—Eres repugnante, lo sabes —dijo Elena—. Eres nauseabundo. —Temblaba y no podía respirar—. Moriría antes que entregarme a ti. Preferiría...

No estaba segura de qué la impulsó a hacerlo. Cuando estaba con Damon, una especie de instinto se adueñaba de ella. Y en aquel momento realmente sintió que preferiría arriesgarse a cualquier cosa antes que permitirle ganar esa vez. Observó, con la mitad de su mente, que él estaba sentado hacia atrás, relajado, disfrutando con el giro que estaba tomando su juego. La otra mitad de su mente se dedicaba a calcular hasta dónde sobresalía el alero por encima de la terraza.

—Preferiría hacer esto —declaró, y se arrojó a un lado.

No se equivocó; estaba desprevenido y no pudo moverse con la rapidez suficiente para detenerla. Elena sintió el espacio libre bajo sus pies y un torbellino de terror al darse cuenta de que la terraza estaba mucho más atrás de lo que había pensado. Iba a pasar de largo.

Pero no había contado con la intervención de Damon. Su mano salió disparada, no con la suficiente rapidez para mantener a Elena sobre el tejado, pero sí impidiendo que cayera más. Fue como si su peso no significara nada para él. De un modo reflejo, Elena se sujetó al borde de teja plana del tejado e intentó subir una rodilla.

La voz de Damon sonó enfurecida.

—¡Pequeña idiota! Si estás tan ansiosa por ir al encuentro de la muerte, yo mismo puedo hacer las presentaciones.

—Suéltame —dijo Elena entre dientes.

Alguien iba a salir a aquella terraza en cualquier momento, estaba segura.

—Suéltame.

—¿Aquí y ahora?

Mirando hacia el interior de sus insondables ojos oscuros, la muchacha supo que lo decía en serio. De haber dicho sí, él la habría dejado caer.

—Sería un modo rápido de acabar con todo esto, ¿no es cierto? —dijo ella.

El corazón le latía con violencia debido al miedo, pero se negó a permitirle que se diera cuenta.

—Pero sería mucho desperdicio.

Con un gesto, la puso a salvo de un jalón. Hacia él. Sus brazos se cerraron alrededor de Elena, apretándola contra la delgada dureza de su cuerpo, y de improviso la muchacha no pudo ver nada. Estaba totalmente envuelta. Luego sintió que aquellos músculos se contraían como los de un felino enorme, y los dos se lanzaron hacia el espacio.

Caía y no podía evitar aferrarse a él como la única cosa sólida en el mundo que se movía veloz a su alrededor. Luego él aterrizó como un gato, absorbiendo el impacto como si nada.

Stefan había hecho algo similar en una ocasión. Pero Stefan no la había sujetado de aquel modo después, dolorosamente apretada, con los labios casi en contacto con los suyos.

—Piensa en mi propuesta —dijo él.

Ella no podía moverse ni desviar la mirada. Y en esta ocasión sabía que no se trataba de ningún Poder que él usara, sino simplemente de la arrasadora atracción que existía entre ambos. Era inútil negarlo: su cuerpo respondía al de Damon. Sentía su aliento en sus labios.

—No te necesito para nada —le dijo.

Pensó que iba a besarla entonces, pero no lo hizo. Por encima de ellos se escuchó el sonido de puertas corredizas que se abrían y una voz enojada en la terraza.

—¡Eh! ¿Qué sucede? ¿Hay alguien ahí afuera?

—Esta vez te hice un favor —dijo Damon en voz muy baja, abrazándola aún—. La próxima vez vendré a cobrar.

Elena no habría podido girar la cabeza. Si la hubiera besado entonces, se lo habría permitido. Pero de improviso la dureza de sus brazos se derritió a su alrededor y su rostro pareció desvanecerse. Fue como si la oscuridad volviera a recuperarlo.

147

Entonces, negras alas atraparon y golpearon el aire y un cuervo enorme alzó el vuelo.

Algo, un libro o un zapato, fue arrojado tras él desde la terraza. Falló por un metro.

—¡Malditos pájaros! —exclamó la voz del señor Forbes desde lo alto—. Deben de haber anidado en el tejado.

Tiritando, abrazándose con fuerza, Elena se acurrucó en la oscuridad, debajo, hasta que el hombre regresó adentro.

Encontró a Meredith y a Bonnie agazapadas junto a la reja.

—¿Qué te retrasó tanto? —susurró Bonnie—. ¡Pensamos que te habían atrapado!

—Casi me atraparon. Tuve que quedarme hasta que me sentí segura. —Elena estaba tan acostumbrada a mentir respecto a Damon que lo hizo entonces sin un esfuerzo consciente—. Vámonos a casa —murmuró—. No hay nada más que podamos hacer.

Cuando se separaron ante la puerta de Elena, Meredith dijo:

—Faltan sólo dos semanas para el Día del Fundador.

—Lo sé.

Por un momento, la propuesta de Damon pasó por la mente de Elena; pero sacudió la cabeza para despejarla.

—Se me ocurrirá algo —dijo.

No se le había ocurrido nada cuando llegó el siguiente día de clases. El único dato alentador fue que Caroline no pareció haber observado nada raro en su habitación; pero eso fue todo lo que Elena pudo encontrar de positivo. Aquella mañana se celebró una asamblea en la que se anunció que el consejo de la escuela había elegido a Elena como la alumna que representaría «El Espíritu de Fell's Church». Durante todo el discurso del director sobre ello, la sonrisa de Caroline había resplandecido, triunfal y maliciosa.

Elena intentó no prestarle atención. Hizo todo lo posible por hacer caso omiso de los desprecios y desaires que presenció incluso al término de la asamblea, pero no fue fácil. Nunca era fácil, y había días en los que pensaba que le pegaría a alguien o se pondría a gritar, pero hasta el momento había conseguido seguir adelante.

Aquella tarde, mientras esperaba que terminara la clase de historia de la sexta hora, Elena observó a Tyler Smallwood. Desde que había regresado a la escuela, el muchacho no le había dirigido la palabra directamente, pero sí había sonreído de un modo tan desagradable como Caroline durante el anuncio del director. En aquel momento, al detectar la presencia de ella de pie, sola, le dio un codazo a Dick Carter.

—¿Qué es eso que está ahí? —dijo—. ¿Una "sujetacolumnas"?

«Stefan, ¿dónde estás?», pensó Elena. Pero conocía la respuesta: a mitad de camino, al otro extremo de la escuela, en la clase de astronomía.

Dick abrió la boca para decir algo, pero entonces su expresión cambió. Miraba más allá de Elena, pasillo abajo. Elena giró la cabeza y vio a Vickie.

Vickie y Dick habían estado saliendo antes del baile de inicio de cursos. Elena supuso que aún lo hacían. Pero Dick parecía vacilante, como si no estuviera seguro de qué esperar de la chica que avanzaba hacia él.

Había algo raro en el rostro de Vickie, en su andar. Se movía como si sus pies no tocaran el piso. Tenía los ojos dilatados y vagos.

—¡Eh, hola! —saludó Dick tímidamente, y fue a colocarse frente a ella.

Vickie pasó a su lado sin mirarlo y siguió caminando hasta Tyler. Elena contempló lo que sucedió a continuación con creciente inquietud. Debería haber resultado divertido, pero no lo fue.

Empezó con Tyler mostrando una expresión un tanto desconcertada. Luego Vickie colocó una mano sobre su pecho. Tyler sonrió, pero había algo de forzado en la sonrisa. Vickie deslizó la mano bajo su chamarra y la sonrisa de Tyler titubeó. Vickie colocó la otra mano sobre su pecho y Tyler miró a Dick.

—¡Eh, Vickie, cálmate! —dijo Dick atropelladamente, pero no se acercó más a ella.

La joven deslizó las dos manos hacia arriba, empujando la chamarra de Tyler fuera de sus hombros. Éste intentó volver a colocársela con un movimiento de hombros sin soltar sus libros ni parecer demasiado preocupado. No pudo. Los dedos de Vickie se deslizaron debajo de su camisa.

—Detén esto. Detenla, ¿quieres? —le dijo Tyler a Dick.

El muchacho había retrocedido hasta chocar con la pared.

—¡Eh, Vickie, suéltalo! No hagas eso.

Pero Dick permaneció a una distancia prudente. Tyler le lanzó una mirada enfurecida e intentó apartar a la joven de un empujón.

Un ruido había empezado a sonar. Al principio pareció ser de una frecuencia demasiado baja para el oído humano, pero fue aumentando de intensidad. Un gruñido, inquietantemente amenazador, que provocaba un helado escalofrío en la espalda. Tyler tenía los ojos desorbitados por la incredulidad, y ella pronto comprendió el motivo. El sonido procedía de Vickie.

Entonces todo sucedió a la vez. Tyler estaba tirado en el piso con los dientes de Vickie chasqueando a centímetros de su garganta. Elena, olvidadas todas las discrepancias, intentaba ayudar a Dick a quitarla de encima. Tyler aullaba. La puerta del aula de historia se abrió y Alaric gritaba:

—¡No le hagan daño! ¡Tengan cuidado! ¡Es epilepsia, todo lo que necesitamos es tumbarla en el suelo!

Los dientes de Vickie volvieron a chasquear cuando él alargó una mano servicial hacia el interior del pleito. La delgada muchacha era más fuerte que todos ellos juntos, y cada vez podían controlarla menos. Con una sensación de intenso alivio, Elena escuchó una voz familiar atras de su hombro.

—Vickie, tranquilízate. Todo está bien. Simplemente, ahora relájate.

Al ver a Stefan sujetando el brazo de la joven y hablándole en tono tranquilizador, Elena se atrevió a soltarla. Y al principio pareció que la estrategia de Stefan funcionaba. Los dedos como garras de Vickie se soltaron, y consiguieron levantarla de encima de Tyler. Mientras Stefan seguía hablándole, se quedó flácida y sus ojos se cerraron.

—Eso está bien. Te sientes cansada ahora. Estará perfecto si te duermes.

Pero entonces, bruscamente, dejó de funcionar, y cualquiera que fuera el Poder que Stefan había estado ejerciendo sobre ella, éste se quebró. Los ojos de Vickie se abrieron de repente, y no se parecían a los ojos de ciervo asustado que Elena había visto en el comedor. Llameaban con furia asesina. Le gruñó a Stefan y volvió a pelear con renovadas energías.

Hicieron falta cinco o seis de ellos para sujetarla mientras

151

alguien llamaba a la policía. Elena permaneció donde estaba, hablándole a Vickie, gritándole en ocasiones, hasta que llegó la policía. Nada de ello sirvió.

Luego retrocedió y vio la multitud de espectadores por primera vez. Bonnie estaba en primera fila, mirando boquiabierta. Lo mismo hacía Caroline.

—¿Qué sucedió? —preguntó Bonnie mientras los agentes se llevaban a Vickie.

Elena, jadeando ligeramente, se apartó un mechón de pelo de los ojos.

—Se volvió loca e intentó desnudar a Tyler.

Bonnie frunció los labios.

—Bueno, tendría que estar loca para querer hacer eso, ¿no?

Y le lanzó una risita burlona por encima del hombro a Caroline.

Elena sentía las rodillas como de goma y las manos le temblaban. Notó que un brazo la rodeaba, y se recostó en Stefan con gratitud. Luego alzó los ojos hacia él.

—¿Epilepsia? —inquirió con incrédulo desdén.

Él miraba pasillo adelante, siguiendo a Vickie con los ojos. Alaric Saltzman, todavía gritando instrucciones, aparentemente iba con ella. El grupo dobló en la esquina.

—Creo que acaban de dar por concluida la clase —dijo Stefan—. Vámonos.

Caminaron en dirección a la casa de huéspedes en silencio, cada uno absorto en sus pensamientos. Elena tenía el entrecejo fruncido, y en varias ocasiones le echó una veloz mirada a Stefan, pero no habló hasta que estuvieron a solas en su habitación.

—Stefan, ¿qué es todo esto? ¿Qué le está sucediendo a Vickie?

—Eso es lo que me he estado preguntando. Sólo hay una explicación que se me ocurre, y es que la están atacando.

—Te refieres a que Damon está todavía..., ¡oh, Dios mío! Stefan, debería haberle dado un poco de verbena. Debería haber comprendido...

—No habría servido de nada. Créeme.

Ella había girado hacia la puerta como para ir tras Vickie en aquel mismo momento, pero él jaló de ella hacia atrás con suavidad.

—Algunas personas son más fáciles de influenciar que otras, Elena. La voluntad de Vickie nunca fue fuerte. Ahora le pertenece a él.

Lentamente, Elena se sentó.

—¿Entonces no hay nada que alguien pueda hacer? Pero, Stefan, ¿se volverá... como tú y Damon?

—Depende. —Su tono era sombrío—. No es sólo una cuestión de cuánta sangre pierda. Necesita la sangre de él en sus venas para efectuar el cambio por completo. De lo contrario, simplemente acabará igual que el señor Tanner. Desangrada, consumida, muerta.

Elena aspiró prolongadamente. Había algo más sobre lo que quería preguntarle, algo que había querido preguntarle desde hacía tiempo.

—Stefan, cuando le hablaste a Vickie allí, pensé que funcionaba. Estabas usando tus Poderes con ella, ¿verdad?

—Sí.

—Pero luego simplemente volvió a enloquecer. Lo que quiero decir es..., Stefan, te sientes bien, ¿verdad? ¿Tus Poderes han regresado?

Él no respondió. Pero aquello fue suficiente respuesta para ella.

—Stefan, ¿por qué no me lo dijiste? ¿Qué sucede?

Lo rodeó y se arrodilló junto a él, de modo que él tuviera que mirarla.

—Estoy tardando un poco en recuperarme, eso es todo. No te preocupes por ello.

—Pues estoy preocupada. ¿No hay nada que pueda hacer?

—No —dijo, pero sus ojos descendieron hacia ella.

La comprensión embargó a Elena.

—Ah —murmuró, recostándose hacia atrás.

Entonces volvió a alargar los brazos hacia él, intentando tomar sus manos.

—Stefan, escúchame...

—Elena, no. ¿No te das cuenta? Es peligroso, peligroso para los dos, pero en especial para ti. Podría matarte, o algo peor.

—Sólo si pierdes el control —dijo ella—. Y no lo harás. Bésame.

—No —repitió Stefan, y añadió con menos aspereza—: Saldré de caza esta noche tan pronto oscurezca.

—¿Es eso lo mismo? —preguntó Elena.

Sabía que no lo era. Era sangre humana lo que proporcionaba Poder.

—Pero Stefan, por favor, ¿no te das cuenta de que quiero hacerlo? ¿No lo deseas tú?

—Eso no es justo —dijo él con ojos torturados—. Sabes que no lo es, Elena. Sabes lo mucho...

Volvió a desviar la mirada de ella, apretándole las manos con fuerza.

—¿Entonces por qué no? Stefan, necesito...

No pudo finalizar. No podía explicarle lo que necesitaba; era una necesidad de conectar con él, de estar en estrecha relación con él. Necesitaba recordar cómo era estar con él, borrar el recuerdo del baile de su sueño y de los brazos de Damon a su alrededor.

—Necesito que estemos juntos otra vez —musitó.

Stefan seguía apartando la mirada, y negó con la cabeza.

—De acuerdo —murmuró ella, pero sintió una oleada de pesar y temor a medida que la derrota se filtraba en sus huesos.

La mayor parte del temor era por Stefan, que era vulnerable sin sus Poderes, bastante vulnerable como para que pudieran perjudicarlo los ciudadanos comunes y corrientes de Fell's Church. Pero algo de aquel temor lo sentía por sí misma.

12

Una voz habló mientras Elena alargaba una mano para agarrar una lata del anaquel de la tienda.

—¿Ya vas a comprar puré de arándanos?

Elena alzó los ojos.

—¡Hola, Matt! Sí, a mi tía Judith le gusta hacer una prueba el domingo anterior a la fiesta de Acción de Gracias, ¿recuerdas? Si practica, hay menos probabilidades de que haga algo terrible.

—¿Como olvidar comprar el puré de arándanos hasta quince minutos antes de la cena?

—Hasta cinco minutos antes de la cena —dijo Elena, consultando su reloj, y Matt rió.

Fue un sonido agradable, que Elena no había escuchado en mucho tiempo. Avanzó hacia la caja, pero después de haber pagado su compra vaciló, mirando hacia atrás. Matt estaba de pie junto al revistero, aparentemente absorto, pero había algo en la inclinación de sus hombros que le hizo desear acercarse a él.

Golpeó con un dedo la revista que el muchacho sostenía.

—¿Qué vas a hacer a la hora de la cena? —preguntó.

Cuando él dirigió una veloz mirada vacilante hacia la parte delantera de la tienda, ella añadió:

—Bonnie está esperando en el carro; ella estará allí. Aparte de eso, irá simplemente la familia. Y Robert, por supuesto; ya debería estar ahí ahora.

Lo que quería decirle era que Stefan no iba a ir. Todavía no estaba segura sobre cómo estaban las cosas entre Matt y Stefan en aquellos momentos. Al menos se hablaban.

—Tengo que arreglármelas solo esta noche. Mi mamá no se siente demasiado bien —dijo.

Pero luego, como para cambiar de tema, siguió:

—¿Dónde está Meredith?

—Con su familia, visitando a unos parientes o algo así.

Elena se mostraba parca en la respuesta porque la misma Meredith se había mostrado vaga al respecto; la muchacha casi nunca hablaba de su familia.

—Así que, ¿cómo ves? ¿Quieres arriesgarte con la comida de mi tía Judith?

—¿Por los viejos tiempos?

—Por la vieja amistad —dijo Elena tras un momento de vacilación, y le sonrió.

Él parpadeó y desvió la mirada.

—¿Cómo puedo rehusar una invitación así? —dijo él en una voz curiosamente apagada.

Pero cuando colocó la revista de nuevo en su sitio y la siguió hacia afuera, también él sonreía.

Bonnie lo saludó alegremente, y cuando llegaron a casa, la tía Judith pareció complacida al verlo entrar en la cocina.

—La cena está casi lista —dijo, tomando la bolsa de comestibles que sostenía Elena—. Robert llegó hace unos minutos.

¿Por qué no van directamente al comedor? Ah, y pon otra silla, Elena. Con Matt somos siete.

—Seis, tía Judith —dijo Elena, divertida—. Tú, Robert, Margaret y yo, Matt y Bonnie.

—Sí, querida, pero Robert trajo también a un invitado. Ya están sentados a la mesa.

Elena registró las palabras al mismo tiempo que atravesaba la puerta del comedor, pero hubo un instante de demora antes de que su mente reaccionara a aquellas. Aun así, lo supo; cruzando la puerta, de algún modo supo lo que le esperaba.

Robert estaba allí de pie, ocupado con una botella de vino blanco y con aspecto jovial. Y sentado a la mesa, en el otro extremo del centro de mesa otoñal y las altas velas encendidas, estaba Damon.

Elena advirtió que había dejado de moverse cuando Bonnie chocó con ella por detrás. Entonces obligó a sus piernas a ponerse en movimiento. Su mente no fue tan obediente: permaneció paralizada.

—Ah, Elena —dijo Robert, extendiendo una mano—. Ésta es Elena, la chava sobre la que te hablaba —le dijo a Damon—. Elena, éste es Damon...

—Smith —dijo Damon.

—Ah, sí. Procede de mi antigua universidad, William y Mary, y acabo de tropezar con él frente a la farmacia. Puesto que buscaba un lugar donde comer, lo invité a venir a saborear una comida casera. Damon, éstos son unos amigos de Elena, Matt y Bonnie.

—Hola —saludó Matt.

Bonnie se limitó a mirarlo fijamente; después, dirigió unos ojos muy abiertos en dirección a Elena.

Elena intentaba controlarse. No sabía si gritar, salir corriendo de la habitación o arrojar la copa de vino que Robert servía a la cara de Damon. Por el momento, estaba demasiado enojada como para sentirse asustada.

Matt fue en busca de una silla a la sala. Elena se sorprendió ante su despreocupada aceptación de Damon, y entonces se dio cuenta de que él no había estado en la fiesta de Alaric. No sabía lo que había sucedido allí entre Stefan y el «visitante de la facultad».

Bonnie, no obstante, parecía al borde del pánico y contemplaba a Elena implorante. Damon se había puesto de pie y le ofrecía una silla.

Antes de que a Elena se le ocurriera una respuesta, escuchó la voz aguda de Margaret en el umbral.

—¿Matt, quieres ver a mi gatita? La tía Judith dice que puedo quedármela. Voy a llamarla *Bola de Nieve*.

Elena se dio media vuelta, impulsada por una idea.

—Es linda —decía Matt amablemente, inclinándose sobre el pequeño montón de pelaje blanco que Margaret sostenía en sus brazos.

El joven se sobresaltó cuando Elena agarró sin miramientos la gatita que tenía frente a su cara.

—Dámela, Margaret, vamos a enseñarle tu gatita al amigo de Robert —dijo, y acercó el esponjoso montón de pelo al rostro de Damon, casi lanzándoselo encima.

El caos se desató a continuación. *Bola de Nieve* se hinchó hasta el doble de su tamaño normal, al erizarse su pelaje, después profirió un sonido parecido al del agua cuando cae sobre una plancha para asar al rojo vivo y a continuación se convirtió en un ciclón que escupía y gruñía, que arañó a Elena, le dio un zarpazo a Damon y saltó de una pared a otra antes de salir disparada de la habitación.

Por un instante, Elena tuvo la satisfacción de ver los ojos negros como la noche de Damon abrirse un poco más de lo normal. Luego, los párpados descendieron, ocultándolos otra vez, y Elena giró para enfrentarse a la reacción de los demás ocupantes de la estancia.

Margaret empezaba ya a abrir la boca para lanzar un gemido parecido al sonido de una locomotora, y Robert intentaba impedirlo, empujándola hacia afuera en busca de la gata. Bonnie tenía la espalda pegada a la pared y parecía desesperada. Matt y la tía Judith, que atisbaba desde la cocina, simplemente parecían consternados.

—Imagino que no te llevas bien con los animales —le dijo a Damon, y ocupó su asiento en la mesa.

Le hizo una seña con la cabeza a Bonnie, que se despegó de mala gana de la pared y se escabulló rápidamente en su propio asiento antes de que Damon pudiera tocar la silla. Los ojos castaños de Bonnie se movieron cautelosos para seguirlo mientras él se sentaba a su vez.

Después de unos minutos, Robert reapareció con una Margaret que tenía el rostro manchado de lágrimas y le dedicó una mirada severa a Elena. Matt empujó su propia silla en silencio, aunque sus cejas enarcadas se perdían entre sus cabellos.

Cuando llegó la tía Judith y se inició la comida, Elena paseó la mirada hacia uno y otro lado de la mesa. Un brillante resplandor parecía descansar sobre todo y tuvo una sensación de irrealidad, sin embargo, la escena en sí parecía casi increíblemente mágica, como algo salido de un comercial. «Una familia totalmente común sentándose a comer pavo —pensó—. Una tía soltera ligeramente atarantada, preocupada por si los chícharos están blandos y los bolillos quemados, un acomodado futuro tío, una rubia sobrina adolescente y su pelirroja hermana menor. Un

161

muchacho de ojos azules del tipo "chavo de la casa de al lado", una amiga con aspecto de duendecito, un vampiro divino pasando la ensalada de chayote. Una familia típicamente americana».

Bonnie se pasó la primera mitad de la comida telegrafiándole mensajes de «¿Qué hago?» a Elena con los ojos. Pero cuando todo lo que Elena el telegrafió como respuesta fue «Nada», aparentemente decidió abandonarse a su destino y empezó a comer.

Elena no tenía ni idea de qué hacer. Estar atrapada de este modo era un insulto, una humillación, y Damon lo sabía. Él tenía a la tía Judith y a Robert encandilados con sus elogios sobre la comida y una conversación intrascendente sobre William y Mary. Incluso Margaret le sonreía ahora, y Bonnie no tardaría en caer bajo su influjo.

—Fell's Church celebrará su Día del Fundador la semana próxima —le informó la tía Judith a Damon, sus delgadas mejillas levemente sonrosadas—. Sería muy agradable si pudieras regresar para entonces.

—Me gustaría hacerlo —dijo Damon con afabilidad.

La tía Judith pareció complacida.

—Este año Elena desempeña una parte importante en la celebración. La eligieron para que represente al Espíritu de Fell's Church.

—Deben de estar muy orgullosos de ella —respondió Damon.

—Por supuesto que lo estamos —dijo la tía Judith—. ¿Prometes que intentarás venir?

Elena intervino entonces, mientras untaba furiosamente un bolillo con mantequilla.

—He tenido noticias sobre Vickie —dijo—. ¿La recuerdas?, la chava que atacaron —miró a Damon significativamente.

Se produjo un corto silencio. Después Damon dijo:

—Me parece que no la conozco.

162

—Ah, estoy segura de que sí. Más o menos de mi estatura, ojos castaños, cabellos color castaño claro... En cualquier caso, está empeorando.

—Híjole —dijo la tía Judith.

—Sí, aparentemente los médicos no lo entienden. No hace más que empeorar y empeorar, como si el ataque siguiera sucediendo. —Elena mantuvo los ojos fijos en Damon mientras hablaba, pero él se limitó a exhibir un interés cortés—. Sírvete un poco más del relleno —terminó, empujando el platón hacia él.

—No, gracias. Tomaré un poco más de esto, no obstante.

Alzó una cuchara llena de puré de arándanos hasta la altura de una de las velas, de modo que la luz brilló a través del alimento.

—Tiene un color muy seductor.

Bonnie, igual que el resto de los comensales, alzó los ojos hacia la vela cuando él hizo aquello. Pero Elena advirtió que no volvía a bajarlos. La muchacha se quedó con la mirada fija en la bailarina llama, y poco a poco toda expresión desapareció de su rostro.

«Ah, no», pensó Elena, mientras un cosquilleo de aprensión le recorría las extremidades. Había visto aquella expresión antes. Intentó atraer la atención de Bonnie, pero ella parecía no ver otra cosa que la vela.

—... y a continuación, los niños de primaria representan un espectáculo sobre la historia de la ciudad —le estaba diciendo la tía Judith a Damon—. Pero la ceremonia final la realizan los alumnos de más edad. Elena, ¿cuántos estudiantes del último curso harán las lecturas este año?

—Sólo tres de nosotros. —Elena tuvo que girar la cabeza para dirigirse a su tía, y mientras miraba su rostro sonriente, escuchó la voz.

—Muerte.

La tía Judith lanzó una exclamación ahogada. Robert se detuvo con el tenedor a mitad de camino hacia la boca. Elena deseó, violentamente y con total desesperación, que Meredith estuviera allí.

—Muerte —volvió a decir la voz—. La muerte está en esta casa.

Elena paseó la mirada por la mesa y vio que no había nadie para ayudarla. Todos miraban asombrados a Bonnie, inmóviles como personajes en una fotografía.

La misma Bonnie tenía la mirada fija en la llama de la vela. Tenía el rostro inexpresivo, los ojos muy abiertos, como lo habían estado otras veces cuando aquella voz hablaba a través de ella.

—Tu muerte —dijo la voz—. Tu muerte está esperando, Elena. Es...

Bonnie pareció atragantarse. Después se desplomó hacia adelante y casi aterrizó sobre su plato.

Hubo un instante de parálisis, y a continuación todo el mundo se movió. Robert se puso en pie de un salto y jaló por los hombros a Bonnie, alzándola. La piel de Bonnie había adquirido un tono blanco azulado y tenía los ojos cerrados. La tía Judith se puso a revolotear a su alrededor, mojándole el rostro con una servilleta húmeda. Damon observaba la escena con ojos pensativos y entrecerrados.

—Está bien —dijo Robert, alzando la mirada con evidente alivio—, creo que simplemente se ha desmayado. Debe de haber sido alguna especie de ataque histérico.

Pero Elena no volvió a respirar hasta que Bonnie abrió los atontados ojos y preguntó qué miraba todo el mundo.

Aquello puso punto final a la cena. Robert insistió en que

Bonnie fuera conducida a su casa en ese mismo instante, y en la actividad que siguió Elena encontró tiempo para susurrarle una palabra a Damon.

—¡Fuera!

Él enarcó las cejas.

—¿Cómo?

—¡Dije, fuera! ¡Ahora! Vete. O les diré que eres el asesino.

Él se mostró lleno de reproche.

—¿No crees que un invitado merece un poco más de consideración? —dijo, pero al ver su expresión se encogió de hombros y sonrió.

»Gracias por invitarme a cenar —le dijo en voz alta a la tía Judith, que pasaba llevando una cobija hacia el automóvil—. Espero que les pueda devolver el favor alguna vez. —Mirando a Elena, añadió—: Nos vemos.

Bueno, de eso no cabía la menor duda, se dijo Elena, mientras Robert partía en el carro con un Matt sombrío y una Bonnie adormilada. La tía Judith estaba hablando por teléfono con los McCullough.

—Tampoco yo sé qué les pasa a estas chicas —decía—. Primero Vickie, ahora Bonnie..., y Elena no parece ser la misma últimamente...

Mientras la tía Judith hablaba y Margaret buscaba a la desaparecida *Bola de Nieve*, Elena paseaba por la habitación.

Tendría que llamar a Stefan. No había más remedio. No estaba preocupada por Bonnie; las anteriores veces que aquello había sucedido, no había parecido causarle un daño permanente. Y Damon tendría cosas mejores que hacer que acosar a los amigos de Elena esa noche.

Iba a regreasr allí, a cobrar el «favor» que le había hecho. Sabía sin la menor duda que ése era el significado de sus palabras de despedida. Y significaba que tendría que decírselo a Stefan, porque lo necesitaba esa noche, necesitaba su protección.

Pero, ¿qué podía hacer Stefan? No obstante todas sus súplicas y argumentos de la semana anterior, se había negado a beber su sangre. Había insistido en que sus Poderes regresarían sin ella, pero Elena sabía que era muy vulnerable en aquellos momentos. Incluso aunque Stefan estuviera allí, ¿podría detener a Damon? ¿Podría hacerlo sin que lo mataran a él?

La casa de Bonnie no era ningún refugio. Y Meredith no estaba. No había nadie para ayudarla, nadie en quien pudiera confiar. Pero la idea de esperar allí sola esa noche, sabiendo que Damon iba a venir, era insoportable.

Escuchó que la tía Judith colgaba la bocina y, automáticamente, fue hacia la cocina, con el número de Stefan en la mente. Luego se detuvo y giró lentamente sobre sí misma para mirar la sala que acababa de abandonar.

Miró las ventanas que iban del piso al techo y la elaborada chimenea con sus molduras bellamente talladas. La habitación era parte de la casa original, la que casi se había quemado completamente durante la Guerra de Secesión. Su propio dormitorio estaba justamente encima.

Una potente luz empezó a encenderse. Elena miró las molduras que circundaban el techo, el punto en que se unían al comedor, que era más moderno. Luego casi corrió en dirección a las escaleras, con el corazón latiendo a toda velocidad.

—¿Tía Judith? —Su tía se detuvo en la escalera—. Tía Judith, dime una cosa. ¿Entró Damon en la sala?

—¿Qué?

La tía Judith la miró con un pestañeo aturdido.

—¿Hizo entrar Robert a Damon en la sala? ¡Por favor piensa, tía Judith! Necesito saberlo.

—Pues, no, no lo creo. No, no lo hizo. Entraron y fueron directamente al comedor. Elena, ¿qué diablos?...

Esto último lo dijo cuando Elena la rodeó impulsivamente con sus brazos y la abrazó con fuerza.

—Lo siento, tía Judith. Simplemente me siento feliz —dijo Elena.

Sonriendo, dio media vuelta para volver a bajar la escalera.

—Bueno, me alegro de que alguien se sienta feliz, después del modo en que acabó la cena. Aunque ese chavo tan agradable, Damon, pareció pasarla bien. ¿Sabes una cosa, Elena?, parecía muy entusiasmado contigo, a pesar del modo en que actuabas.

Elena giró en redondo.

—¿Y?

—Bueno, sólo pensaba que podrías darle una oportunidad, eso es todo. Me pareció muy agradable. La clase de joven que me gusta ver por aquí.

Elena la miró con ojos desorbitados durante un momento, luego tragó saliva para impedir que una risa histérica escapara de sus labios. Su tía le sugería que saliera con Damon en lugar de hacerlo con Stefan..., porque Damon parecía más seguro. La clase de joven que le gustaría a cualquier tía.

—Tía Judith —empezó a decir sin aliento, pero luego comprendió que era inútil.

Sacudió la cabeza en silencio, alzando las manos en señal de rendición, y contempló cómo su tía subía la escalera.

Por lo general, Elena dormía con la puerta cerrada. Pero esa noche la dejó abierta y se tumbó sobre la cama contemplando el oscuro pasillo. A cada rato les echaba un vistazo a los números luminosos del reloj colocado sobre el buró que tenía al lado.

No había peligro de que se durmiera. A medida que los minutos se arrastraban lentamente, casi empezó a desear poder hacerlo. El tiempo se movía con una lentitud desesperante. Las once... las once y media... medianoche. La una. La una y media. Las dos.

A las dos y diez escuchó un sonido.

Escuchó, tumbada aún sobre la cama, el tenue susurro de un ruido en la planta baja. Había sabido que Damon encontraría un modo de entrar si quería. Si Damon estaba tan decidido, ninguna cerradura lo mantendría afuera.

La música del sueño que había tenido aquella noche en casa de Bonnie tintineó en su cerebro, un conjunto de lastimeras notas argentinas que despertaron extraños sentimientos en su interior. Casi como aturdida o soñando, se levantó y fue a detenerse en el umbral.

El pasillo estaba oscuro, pero sus ojos habían dispuesto de mucho tiempo para adaptarse. Distinguió la silueta más oscura que ascendía por la escalera. Cuando llegó a lo alto vio el veloz destello letal de su sonrisa.

Aguardó, sin sonreír, hasta que él llegó a su lado y se detuvo de cara a ella, con sólo un metro de piso de madera noble entre ellos. La casa estaba totalmente silenciosa. Al otro lado del pasillo dormía Margaret; al final del pasillo, la tía Judith yacía arropada en sueños, ignorante de lo que sucedía al otro lado de su puerta.

Damon no dijo nada, pero la miró, los ojos contemplando el largo camisón blanco con cuello alto de encaje. Elena lo había elegido porque era el más recatado que poseía, pero era evidente que Damon lo encontraba atractivo. Se obligó a permanecer quieta, pero su boca estaba seca y su corazón palpitaba sordamente. Había llegado el momento. En un minuto lo sabría.

Retrocedió, sin una palabra o gesto de invitación, dejando la entrada vacía. Vio el veloz destello en sus ojos insondables, y observó cómo avanzaba ansioso hacia ella. Y observó cómo se detenía.

Permaneció afuera de su habitación, claramente desconcertado. Volvió a intentar dar un paso al frente, pero no pudo. Algo parecía impedirle avanzar más. En su rostro, la sorpresa dio paso a la perplejidad y luego a la cólera.

Alzó la mirada, los ojos inspeccionando el dintel, escudriñando el techo a ambos lados del umbral. Entonces, cuando una comprensión total lo golpeó, sus labios se tensaron hacia atrás mostrando los dientes en un gruñido animal.

A salvo del otro lado, Elena rió en voz baja. Había funcionado.

—Mi habitación y la sala de abajo son todo lo que queda de la antigua casa —le dijo—. Y, por supuesto, era una vivienda totalmente distinta. Una a la que no fuiste invitado, y nunca lo serás.

El pecho de Damon respiraba agitadamente, enfurecido, sus orificios nasales se dilataron, sus ojos se tornaron salvajes. Oleadas de negra rabia emanaron de él. Pareció como si fuera a derribar las paredes con sus manos, que se retorcían y cerraban con fuerza.

El triunfo y el alivio hicieron que Elena se sintiera mareada.

—Será mejor que te vayas ahora —dijo—. No hay nada para ti aquí.

Durante un minuto más aquellos ojos amenazadores llamearon clavados en los de Elena, y luego Damon se dio la vuelta. Pero no se dirigió hacia la escalera. En lugar de ello, dio un paso al otro lado del pasillo y apoyó la mano en la puerta de Margaret.

Elena se adelantó antes de darse cuenta de lo que hacía. Se detuvo en la entrada, aferrando el borde del marco, respirando también ella con dificultad.

Damon giró bruscamente la cabeza y le sonrió, con una sonrisa lenta y cruel. Giró ligeramente la manija sin mirarla. Sus ojos, como charcos de ébano líquido, permanecieron puestos en Elena.

—Tú eliges —dijo.

Elena se quedó muy quieta, sintiendo como si todo el invierno estuviera en su interior. Margaret no era más que una bebé. No podía decirlo en serio; nadie podía ser tan monstruoso como para dañar a una criatura de cuatro años.

Pero no había ningún indicio de debilidad o compasión en el rostro de Damon. Era un cazador, un asesino, y los débiles eran su presa. Recordó el espantoso gruñido bestial que había dessfigurado sus apuestas facciones, y comprendió que jamás podría dejar que tuviera a Margaret.

Todo pareció suceder en cámara lenta. Vio la mano de Damon sobre la manija de la puerta; vio aquellos ojos despiadados. De repente ella estaba cruzando el umbral, dejando atrás el único lugar seguro que conocía.

La Muerte estaba en la casa, había dicho Bonnie. Y ahora Elena había ido al encuentro de la Muerte por su propia voluntad. Inclinó la cabeza para ocultar las lágrimas de impotencia que acudieron a sus ojos. Todo había terminado. Damon había vencido.

No alzó la mirada para verlo avanzar hacia ella. Pero sintió cómo el aire se movía a su alrededor, haciéndola tiritar. Y luego se vio envuelta en una confortable e infinita oscuridad, que la cubrió como las alas de un pájaro enorme.

13

Elena se movió en el lecho y después abrió los pesados párpados. Se veía luz alrededor de los bordes de las cortinas. Le resultaba difícil moverse, así que permaneció allí tumbada sobre la cama e intentó reconstruir lo que había sucedido la noche anterior.

Damon. Damon había acudido allí y amenazado a Margaret. Y por lo tanto Elena había ido a él. Él había ganado.

Pero, ¿por qué no lo había terminado? Elena alzó una mano lánguida para tocar el costado de su cuello, sabiendo ya lo que encontraría. Sí, allí estaban: dos pequeñas incisiones que eran tiernas y sensibles a la presión.

Sin embargo, ella seguía viva. Se había detenido antes de llevar a cabo su promesa. ¿Por qué?

Sus recuerdos de las últimas horas eran confusos y borrosos. Únicamente algunos fragmentos aparecían claros. Los ojos de Damon clavados en ella, llenando todo su mundo. El agudo aguijón en su garganta. Y luego, Damon abriendo su camisa, la sangre de Damon brotando de un pequeño corte en su cuello.

La había obligado a beber su sangre, entonces. Si es que obligado era la palabra correcta, porque ella no recordaba haberse resistido ni sentido ninguna repugnancia. Para entonces, lo había deseado.

Pero no estaba muerta, ni siquiera seriamente debilitada. No la había convertido en un vampiro. Y eso era lo que no comprendía.

Él carecía de moral y de conciencia, recordó. De modo que ciertamente no había sido misericordia lo que lo había detenido. «Probablemente sólo quiere alargar el juego, hacerte sufrir más antes de matarte. O a lo mejor quiere que seas como Vickie, con un pie en el mundo de las sombras y otro en el de la luz. Enloqueciendo poco a poco de ese modo».

Una cosa era segura: ella no se dejaría engañar pensando que era bondad de su parte. Damon no era capaz de mostrar bondad. Ni de preocuparse por nadie que no fuera él mismo.

Apartando las cobijas, se enderezó de la cama. Escuchó a la tía Judith moviéndose por el pasillo. Era lunes por la mañana y tenía que prepararse para ir a la escuela.

Miércoles, 27 de noviembre

Querido diario:
De nada sirve fingir que no estoy asustada, porque lo estoy. Mañana será el día de Acción de Gracias, y dos días después será el Día del Fundador. Y todavía no he encontrado un modo de detener a Caroline y a Tyler.

No sé qué hacer. Si no puedo recuperar mi diario de manos de Caroline, ésta va a leerlo delante de todo el mundo. Tendrá una oportunidad perfecta; es uno de los tres alumnos de último curso elegidos para leer poesía durante las ceremonias de clausura. Elegida por

174

el consejo escolar, del que el padre de Tyler es un miembro, podría añadir. Me pregunto qué pensará él cuando esto finalice por fin.

Pero ¿qué importa? A menos que se me ocurra un plan, cuando todo esto termine, a mí ya habrá dejado de importarme todo. Y Stefan se habrá ido, expulsado de la ciudad por los buenos ciudadanos de Fell's Church. O estará muerto, si no recupera algunos de sus Poderes. Y si él muere, yo moriré también. Es así de sencillo.

Lo que significa que debo hallar un modo de conseguir el diario. Tengo que hacerlo.

Pero no puedo.

Lo sé, estás esperando a que lo diga. Hay un modo de conseguir mi diario: el modo de Damon. Todo lo que necesito es aceptar su precio.

Pero no entiendes lo mucho que eso me asusta. No sólo porque Damon me asusta, sino porque tengo miedo de lo que sucederá si él y yo estamos juntos otra vez. Tengo miedo de lo que me sucederá a mí..., a mí y a Stefan.

No puedo seguir hablando de esto. Es demasiado perturbador. Me siento tan confusa y perdida y sola... No hay nadie a quien pueda recurrir o con quien hablar. Nadie que pueda realmente comprenderlo.

¿Qué voy a hacer?

Jueves, 28 de noviembre, 11:30 de la noche

Querido diario:
Las cosas parecen más claras hoy, quizá porque he tomado una decisión. Es una decisión que me aterra, pero es mejor que la única alternativa que se me ocurre.
Voy a contárselo todo a Stefan.

175

Es lo único que puedo hacer ahora. El Día del Fundador será el sábado y no se me ha ocurrido ningún plan propio. Pero a lo mejor Stefan puede hacerlo, si comprende lo desesperada que es la situación. Iré a pasar el día en la casa de huéspedes mañana, y cuando llegue allí voy a contarle todo lo que debería haberle contado desde el principio.

Todo. Lo de Damon, también.

No sé qué dirá. Sigo recordando su rostro en mis sueños. El modo en que me miraba, con tal amargura y enojo. No como si me amara. Si me mira así mañana...

Ah, estoy asustada. Tengo el estómago revuelto. Apenas pude probar la cena de Acción de Gracias... y no puedo quedarme quieta. Siento como si fuera a estallar en un millón de pedazos. ¿Acostarme esta noche? Ja.

Por favor, haz que Stefan lo comprenda. Por favor, haz que me perdone.

Lo más divertido es que quería convertirme en una persona mejor por él. Quería ser digna de su amor. Stefan tiene estas ideas sobre el honor, sobre lo que está bien y lo que está mal. Y ahora, cuando descubra cómo le he estado mintiendo, ¿qué pensará de mí? ¿Me creerá cuando le diga que sólo intentaba protegerle? ¿Volverá a confiar en mí alguna vez?

Mañana lo sabré. Dios, ojalá ya hubiera terminado todo. No sé cómo viviré hasta entonces.

Elena se escabulló afuera de la casa sin decirle a su tía Judith a dónde iba. Estaba cansada de mentiras, pero no quería enfrentarse al pleito que inevitablemente provocaría si decía que iba a casa de Stefan. Desde que Damon había ido a cenar, la tía Judith había estado hablando de él, lanzando sutiles y no tan sutiles indirectas en cualquier conversación. Y Robert hacía lo mismo que ella. Elena a veces pensaba que él incitaba a su tía.

Presionó con fuerza el timbre de la puerta de la casa de huéspedes. ¿Dónde estaba la señora Flowers? Cuando la puerta finalmente se abrió, Stefan estaba del otro lado.

Iba vestido para salir, con el cuello de la chamarra levantado.

—Pensé que podríamos ir a dar un paseo —dijo.

—No.

Elena se mostró firme. No fue capaz de mostrarle una sonrisa real, de modo que dejó de intentarlo. Le dijo:

—Vayamos arriba, Stefan, ¿de acuerdo? Hay algo sobre lo que tenemos que hablar.

La miró un momento con sorpresa, y algo debió de aparecer en su rostro, pues la expresión del muchacho se aquietó y ensombreció gradualmente. Aspiró profundamente y asintió. Sin decir una palabra, giró y encabezó el trayecto hacia su habitación.

Los baúles y las cómodas y estanterías hacía tiempo que habían sido puestos donde correspondía, desde luego. Pero Elena sintió como si se diera cuenta de ello por primera vez. Por algún motivo, pensó en la primera noche que había estado allí, cuando Stefan la salvó del repugnante abrazo de Tyler. Sus ojos recorrieron los objetos del tocador: los florines de oro del siglo xv, la daga con el mango de marfil, el pequeño cofre de hierro con la tapa de bisagra. Ella había intentado abrirlo aquella primera noche y él había cerrado de golpe la tapa.

Se dio media vuelta. Stefan estaba de pie junto a la ventana, recortado contra el rectángulo de cielo gris y deprimente. Cada día de aquella semana había sido gélido y neblinoso, y éste no era una excepción. La expresión de Stefan reproducía el tiempo que hacía en el exterior.

177

—Bien —dijo él con voz queda—, ¿de qué tenemos que hablar?

Hubo un último momento para elegir, y entonces Elena tomó una decisión. Alargó una mano hacia el pequeño cofre de hierro y lo abrió.

En el interior, un trozo de seda color durazno brillaba con apagado lustre. Su listón para el cabello. Le trajo a la memoria el verano, los días de verano que parecían imposiblemente lejanos en aquellos momentos. Lo levantó y se lo ofreció a Stefan.

—Sobre esto —dijo.

Él había dado un paso al frente cuando ella tocó el cofre, pero ahora pareció perplejo y sorprendido.

—¿Sobre eso?

—Sí; porque yo sabía que estaba ahí, Stefan. Lo descubrí hace mucho tiempo, un día en que abandonaste la habitación durante unos cuantos minutos. No sé por qué tenía que saber lo que había ahí dentro, pero no lo pude evitar. Así que encontré el listón. Y entonces... —Se detuvo y se dio ánimos—. Entonces escribí sobre ello en mi diario.

Stefan parecía cada vez más perplejo, como si aquello no fuera en absoluto lo que había estado esperando. Elena buscó desesperadamente las palabras correctas.

—Lo escribí porque pensé que era una prueba de que yo te había importado desde siempre, lo suficiente como para recogerla y guardarla. Jamás pensé que podría ser una prueba de nada más.

Entonces, de improviso, empezó a hablar atropelladamente. Le contó cómo había llevado su diario a la casa de Bonnie, cómo se lo habían robado. Le habló sobre las notas que recibía, sobre cómo había comprendido que era Caroline quien las enviaba. Y luego, apartándose, pasándose el listón de color frutal

178

por entre los dedos nerviosos una y otra vez, le habló del plan de Caroline y Tyler.

Su voz casi se apagó al final.

—He estado tan asustada desde entonces... —murmuró, con los ojos puestos aún en el listón—. Asustada de que te enojaras conmigo. Asustada por lo que van a hacer. Simplemente asustada. Intenté recuperar el diario, Stefan, incluso fui a la casa de Caroline. Pero lo tiene demasiado bien escondido. Y he pensado y pensado, pero no se me ocurre ningún modo de impedirle que lo lea. —Por fin alzó los ojos para mirarlo—. Lo siento.

—¡Tienes motivos para sentirlo! —dijo él, sobresaltándola con su vehemencia.

Elena sintió que su rostro palidecía. Pero Stefan seguía hablando.

—Deberías sentir haberme ocultado algo así cuando yo podría haberte ayudado, Elena. ¿Por qué no me lo contaste sencillamente?

—Porque todo es culpa mía. Y tuve un sueño... —Intentó describir el aspecto que había tenido él en los sueños, la amargura, la acusación en sus ojos—. Creo que me moriría si realmente me miraras de ese modo —concluyó con abatimiento.

Pero la expresión de Stefan al mirarla en aquel momento era una combinación de alivio y asombro.

—De modo que era eso —dijo, casi en un susurro para sí mismo—. Eso es lo que te ha estado inquietando.

Elena abrió la boca, pero él siguió hablando.

—Sabía que algo no estaba bien, sabía que me ocultabas algo. Pero pensé... —Sacudió la cabeza y una sonrisa sesgada asomó a sus labios—. No importa ahora. No quería invadir tu intimidad. Ni siquiera quería preguntar. Y todo el tiempo estabas preocupada por protegerme.

La lengua de Elena estaba pegada al paladar. Las palabras también parecían atoradas. «Hay más», pensó, pero no podía decirlo, no cuando los ojos de Stefan tenían aquella mirada, no cuando todo su rostro estaba iluminado de aquel modo.

—Cuando dijiste que teníamos que hablar hoy, pensé que habías cambiado de idea sobre mí —dijo con sencillez, sin autocompasión—. Y no te habría culpado. Pero en cambio... —Volvió a sacudir la cabeza—. Elena —dijo, y entonces ella se arrojó a sus brazos.

Resultaba tan placentero estar allí, así, como debía ser... Ni siquiera se había dado cuenta de lo mal que habían estado las cosas entre ellos hasta aquel momento en que lo que estaba mal había desaparecido. Esto era lo que ella recordaba, lo que había sentido aquella primera noche gloriosa cuando Stefan la había abrazado. Toda la dulzura y ternura del mundo bullendo entre ellos. Estaba en casa, en el lugar al que pertenecía. En el lugar al que siempre pertenecería.

Todo lo demás quedó olvidado.

Como había sucedido al principio, Elena sintió como si casi pudiera leer los pensamientos de Stefan. Estaban conectados, eran uno parte del otro. Sus corazones latían al mismo ritmo.

Sólo se necesitaba una cosa para completarlo. Elena lo sabía, y echó sus cabellos hacia atrás, alargando la mano por para apartarlos del lado del cuello. Y esa vez Stefan no protestó ni se lo impidió. En lugar de rechazo irradiaba una profunda aceptación... y una intensa necesidad.

Sentimientos de amor y deleite, de reconocimiento, la abrumaron, y con un júbilo incrédulo advirtió que los sentimientos provenían de él. Por un momento, se vio a través de sus ojos, y percibió lo mucho que a él le importaba. Podría haber resultado aterrador de no haber experimentado ella un sentimiento igual de profundo para devolvérselo a él.

No sintió dolor cuando sus dientes perforaron su cuello. Y ni siquiera se le ocurrió que le había ofrecido sin pensar el lado sin marcas... a pesar de que las heridas que Damon había dejado ya habían curado.

Se aferró a él cuando intentó alzar la cabeza. Pero Stefan se mostró inflexible, y finalmente ella tuvo que dejarlo ir. Abrazándola aún, él buscó a tientas por encima del tocador el afilado cuchillo de mango de marfil y con un rápido movimiento dejó fluir su propia sangre.

Cuando las rodillas de Elena empezaron a doblarse, la sentó en la cama. Y entonces se limitaron a permanecer abrazados, sin ser conscientes de la hora ni de nada más. Elena sentía que sólo Stefan y ella importaban.

—Te amo —dijo él en voz baja.

Al principio, Elena, en su agradable nebulosa, simplemente aceptó las palabras. Luego, con un escalofrío de dulzura, reparó en lo que él había dicho.

La amaba. Lo había sabido desde siempre, pero él jamás lo había dicho antes.

—Te amo, Stefan —murmuró a su vez.

Se sorprendió cuando él se movió y se apartó ligeramente, hasta que vio lo que hacía. Introduciendo la mano en el interior de su suéter, Stefan sacó la cadena que había llevado colgada al cuello desde que lo conocía. En la cadena había un anillo de oro, exquisitamente forjado y con un lapislázuli engarzado.

El anillo de Katherine. Mientras Elena observaba, él se quitó la cadena y la abrió, retirando el delicado aro de oro.

—Cuando Katherine murió —dijo—, pensé que jamás po-

181

dría amar a nadie más. Incluso aunque sabía que ella habría querido que lo hiciera, estaba seguro de que jamás sucedería. Pero me equivoqué.

Vaciló un momento y luego siguió:

—Conservé el anillo porque era un símbolo de ella. Para poder tenerla siempre en mi corazón. Pero ahora me gustaría que fuera un símbolo de algo más. —De nuevo vaciló, pareciendo temeroso casi de encontrarse con los ojos de Elena—. Considerando el estado actual de las cosas, realmente no tengo ningún derecho a pedirte esto. Pero, Elena...

Luchó durante unos pocos minutos y luego se dio por vencido, sus ojos enlazados con los de ella en silencio.

Elena fue incapaz de hablar. No podía ni respirar. Pero Stefan malinterpretó su silencio. La esperanza murió en sus ojos y volteó la cabeza.

—Tienes razón —dijo—. Es del todo imposible. Simplemente, hay demasiadas dificultades... por mi culpa. Por lo que soy. Nadie como tú debería estar atada a alguien como yo. Ni siquiera debería haberlo sugerido...

—¡Stefan! —dijo Elena—. Stefan, si quieres callarte un momento...

—... así que olvida lo que dije...

—¡Stefan! —dijo ella—. Stefan, mírame.

Lentamente, él obedeció, girando la cabeza. La miró a los ojos, y la amarga autocensura se desvaneció de su rostro, para ser reemplazada por una expresión que hizo que ella volviera a quedarse sin aliento. Luego, todavía muy despacio, tomó la mano que ella le tendía. Pausadamente, mientras ambos observaban, deslizó el anillo en su dedo.

Encajó como si hubiera sido hecho para ella. El oro centelleó suntuosamente bajo la luz, y el lapislázuli brilló con un azul vibrante como un lago transparente rodeado de nieve virgen.

—Tendremos que guardarlo en secreto durante algún tiempo —dijo ella, escuchando el temblor de su voz—. A mi tía Judith le dará un ataque si sabe que me comprometí antes de graduarme. Pero cumpliré los dieciocho el próximo verano, y entonces no podrá detenernos.

—Elena, ¿estás segura de que esto es lo que quieres? No será fácil vivir conmigo. Siempre seré diferente a ti, sin importar lo mucho que intente ser de otro modo. Si alguna vez quieres cambiar de idea...

—Mientras me ames, jamás cambiaré de idea.

Volvió a tomarla en sus brazos, y la paz y la satisfacción la envolvieron. Pero todavía existía un temor que corroía los límites de su consciencia.

—Stefan, sobre lo de mañana..., si Caroline y Tyler llevan a cabo sus planes, no importará si cambio de idea o no.

—Entonces, simplemente tendremos que asegurarnos de que no puedan llevarlos a cabo. Si Bonnie y Meredith quieren ayudarme, creo que puedo hallar un modo de obtener el diario de Caroline. Pero incluso aunque no pueda, no voy a huir. No te dejaré, Elena; voy a quedarme y pelear.

—Pero te van a perjudicar. Stefan, no puedo soportar eso.

—Y yo no puedo dejarte. Está decidido. Deja que me preocupe yo de lo demás; encontraré un modo. Y si no lo hago..., bueno, suceda lo que suceda, me quedaré a tu lado. Estaremos juntos.

—Estaremos juntos —repitió Elena, y apoyó la cabeza en su hombro, feliz de dejar de pensar durante un rato y simplemente ser.

Querido diario:

Es tarde, pero no podía dormir. No parezco necesitar dormir tanto como acostumbraba.

Bueno, mañana será el día.

Hablamos con Bonnie y Meredith esta noche. El plan de Stefan es de lo más simple. La cuestión es que no importa dónde haya escondido Caroline el diario, tiene que sacarlo mañana para llevarlo con ella: nuestras lecturas son la última actividad de la agenda, y ella tiene que estar en el desfile y el resto de los actos que habrá antes, así que tendrá que esconder el diario en alguna parte durante ese tiempo. De modo que si la vigilamos desde el momento en que abandone su casa hasta que suba al escenario, tendremos que poder ver dónde lo coloca. Y puesto que ni siquiera sabe que sospechamos de ella, no estará alerta.

Entonces será cuando lo recuperaremos.

El motivo por el que el plan funcionará es que todo el mundo en el evento irá vestido de época. La señora Grimesby, la bibliotecaria, nos ayudará a colocarnos las ropas del siglo XIX antes del desfile, y no podremos llevar puesto ni sostener nada que no sea parte del traje. Ni bolsas, ni mochilas, ¡ni diarios! Caroline tendrá que dejarlo en alguna parte, en algún momento.

Vamos a turnarnos para vigilarla. Bonnie esperará afuera de su casa y verá qué lleva Caroline cuando salga. Yo la vigilaré cuando se vista en casa de la señora Grimesby. Luego, mientras tiene lugar el desfile, Stefan y Meredith se introducirán en la casa o en el carro de los Forbes, si es ahí donde está..., y harán su parte.

No veo cómo puede fallar. Y no puedo decirte lo mejor que me siento. Es tan agradable poder compartir este problema con Stefan... Ya aprendí mi lección: nunca volveré a ocultarle cosas.

Llevaré puesto mi anillo mañana. Si la señora Grimesby me pregunta sobre él, le diré que es aún más antiguo que el siglo XIX, que es del Renacimiento italiano. Me gustará ver su cara cuando le diga eso.

Será mejor que intente dormir un poco. Espero no soñar.

14

Bonnie temblaba de frío mientras esperaba frente a la alta casa victoriana. El aire era helado esa mañana y, aunque eran casi las ocho, el sol aún no había salido. El cielo era una espesa masa de nubes grises y blancas que creaban debajo una penumbra fantasmal.

Había empezado a dar patadas en el suelo y a frotarse las manos cuando la puerta de los Forbes se abrió. Bonnie retrocedió un poco atras de los arbustos que constituían su escondite y observó cómo la familia iba hacia su vehículo. El señor Forbes no llevaba más que una cámara; la señora Forbes tenía una bolsa y una silla plegable; Daniel Forbes, el hermano menor de Caroline, llevaba otra silla. Y Caroline...

Bonnie se inclinó hacia adelante, el aliento siseando de satisfacción. Caroline iba vestida con pantalón de mezclilla y un suéter grueso y llevaba una especie de bolsa blanca cerrada con un cordón. No era muy grande, pero sí lo bastante como para contener un diario pequeño.

Reconfortada por el triunfo, Bonnie aguardó detrás del matorral hasta que el automóvil se alejó. Después avanzó en dirección a la esquina de la calle Thrush con Hawthorne Drive.

—Allí está, tía Judith. En la esquina.

El vehículo aminoró la marcha hasta detenerse, y Bonnie se deslizó en el asiento posterior junto a Elena.

—Lleva una bolsa blanca cerrada con un cordón —murmuró al oído de Elena mientras la tía Judith volvía a arrancar.

Un hormigueo de entusiasmo recorrió a Elena, que oprimió la mano de su amiga.

—Estupendo —musitó—. Ahora veremos si lo lleva a la casa de la señora Grimesby. Si no, le dices a Meredith que está en el carro.

Bonnie asintió y oprimió a su vez la mano de Elena.

Llegaron a la casa de la señora Grimesby justo a tiempo para ver entrar a Caroline con la bolsa blanca colgando del brazo. Bonnie y Elena intercambiaron una mirada. Ahora era asunto de Elena ver dónde lo dejaba Caroline en el interior de la casa.

—Me bajaré también aquí, señorita Gilbert —dijo Bonnie mientras Elena saltaba del coche.

Ella esperaría en el exterior con Meredith hasta que Elena pudiera decirles dónde estaba la bolsa. Lo importante era no dejar que Caroline sospechara nada raro.

La señora Grimesby, que fue quien le abrió a Elena, era la bibliotecaria de Fell's Church, y su casa casi parecía también una biblioteca; había libreros por todas partes y libros amontonados en el piso. También era la encargada de guardar los objetos históricos de Fell's Church, incluyendo la ropas que se habían conservado desde los primeros tiempos de la ciudad.

En aquel momento, en la casa resonaban voces juveniles, y los dormitorios estaban llenos de estudiantes en diversas fases de desnudez. La señora Grimesby siempre supervisaba los trajes del espectáculo histórico. Elena estaba a punto de pedir que la colocaran en la misma habitación que Caroline, pero no fue necesario. La señora Grimesby la hacía entrar ya.

Caroline, que se había quedado en ropa interior de última moda, le dedicó a Elena lo que sin duda quería ser una mirada indiferente, pero Elena detectó la maliciosa burla oculta atrás de ésta y mantuvo los ojos en el montón de prendas que la señora Grimesby estaba recogiendo de la cama.

—Aquí tienes, Elena. Una de nuestras piezas más primorosamente conservadas... y toda ella auténtica, además, incluso los listones. Creemos que este vestido le perteneció a Honoria Fell.

—Es hermoso —dijo Elena, mientras la señora Grimesby sacudía los pliegues del fino material blanco—. ¿De qué está hecho?

—Muselina de Moravia y gasa de seda. Puesto que hoy hace bastante frío, puedes llevar esa chamarra de terciopelo encima.

La bibliotecaria indicó una prenda color rosa grisáceo que descansaba en el respaldo de una silla.

Elena le dirigió una subrepticia mirada a Caroline mientras empezaba a cambiarse. Sí, allí estaba la bolsa, a los pies de Caroline. Consideró la idea de abalanzarse sobre ella, pero la señora Grimesby seguía en la habitación.

El vestido de muselina era muy sencillo, y el vaporoso material estaba ceñido abajo del pecho con un listón rosa pálido. Las mangas ligeramente abombadas que terminaban en el codo estaban sujetas con listón del mismo color. Las modas habían sido bastante holgadas a principios del siglo XIX y le quedaban bien a una chica del siglo XX; cuando menos si ésta era delgada. Elena sonrió cuando la señora Grimesby la condujo hasta un espejo.

—¿Realmente le perteneció a Honoria Fell? —preguntó, pensando en la imagen de mármol de aquella dama que yacía en su tumba de la iglesia en ruinas.

—Ésa es la historia, al menos —dijo la señora Grimesby—. Menciona un vestido así en su diario, de modo que estamos bastante seguros.

—¿Escribía un diario? —Elena se sobresaltó.

—Ah, sí. Lo tengo en una vitrina de la sala; te lo mostraré al salir. Ahora, la chamarra... vaya, ¿qué es eso?

Algo violeta revoloteó hasta el piso cuando Elena levantó la chamarra.

La muchacha sintió cómo se helaba su expresión. Atrapó la nota antes de que la señora Grimesby pudiera inclinarse hacia ella y le echó una ojeada.

Una línea. Recordó haberla escrito en su diario el 4 de septiembre, el primer día de clases. Sólo que después de haberla escrito, la había tachado. Aquellas palabras no estaban tachadas ahora; estaban bien trazadas y claras.

Algo horrible va a suceder hoy.

Elena apenas pudo contenerse para no avalanzarse sobre Caroline y agitar la nota ante su rostro. Pero eso lo habría estropeado todo. Se obligó a permanecer tranquila mientras arrugaba el pequeño trozo de papel y lo arrojaba a la papelera.

—No es más que un trozo de basura —dijo, y volteó de nuevo hacia la mujer, con los hombros muy tiesos.

Caroline no dijo nada, pero Elena sintió aquellos triunfales ojos verdes sobre su persona.

«Espera y ya verás —pensó—. Espera hasta que consiga recuperar ese diario. Lo quemaré, y después tú y yo tendremos una plática».

A la señora Grimesby le dijo:

—Estoy lista.

—También yo —dijo Caroline en un tono de voz recatado.

Elena adoptó una fría mirada indiferente mientras contemplaba el vestido de la otra muchacha. El traje verde pálido de Caroline con largos ceñidores verdes y blancos no era tan bonito como el suyo.

—Maravilloso. Ahora, chicas, caminen delante y esperen en sus vehículos. Ah, Caroline, no olvides tu bolsa.

—No lo haré —respondió ésta, sonriendo, y alargó el brazo para tomar la bolsa cerrada con un cordón que tenía a los pies.

Por suerte, desde aquella posición no pudo ver el rostro de Elena, porque en aquel instante su fría indiferencia se hizo pedazos por completo. Elena se quedó mirándola atónita, mientras Caroline empezaba a amarrarse la bolsa a la cintura.

Su asombro no le pasó desapercibido a la señora Grimesby.

—Eso es un ridículo, el antepasado de nuestra moderna bolsa femenina —explicó con amabilidad la mujer—. Las señoras guardaban sus guantes y abanicos en ellos. Caroline vino de visita y se lo llevó a principios de esta semana para arreglar unos bordados a los que les faltaban unas cuentas..., lo que fue muy considerado de su parte.

—Estoy segura de ello —consiguió decir Elena con voz ahogada.

Tenía que salir de allí o algo horrible sucedería en aquel mismo momento. Iba a ponerse a gritar, o tirar a Caroline al piso, o a explotar.

—Necesito un poco de aire fresco —dijo.

Salió disparada de la habitación y de la casa, irrumpiendo en la calle.

Bonnie y Meredith esperaban en el carro de esta última. A Elena el corazón le martilleó de un modo extraño mientras avanzaba hacia él y se inclinaba sobre la ventanilla.

—Fue más inteligente que nosotras —dijo en voz baja—. Esa bolsa es parte de su traje, y va a llevarlo encima todo el día.

Bonnie y Meredith abrieron los ojos de par en par, primero para mirarla a ella y luego para mirarse una a otra.

—Pero..., entonces, ¿qué vamos a hacer? —preguntó Bonnie.

—No lo sé —con angustiada consternación, Elena fue plenamente consciente de ello por fin—. ¡No lo sé!

—Todavía podemos vigilarla. A lo mejor se quitará la bolsa a la hora de comer o algo así...

Pero la voz de Meredith sonó hueca. Todas sabían la verdad, se dijo Elena, y la verdad era que no había esperanza. Habían perdido.

Bonnie le echó una ojeada al retrovisor, luego se retorció en su asiento.

—Es tu carruaje.

Elena miró. Dos caballos blancos venían por la calle tirando de una calesa elegantemente remozada. Las ruedas de la calesa llevaban guirnaldas de papel de china entrelazadas alrededor, los asientos estaban decorados con helechos y una gran pancarta en el espacio lateral proclamaba: *El Espíritu de Fell's Church*.

Elena sólo tuvo tiempo para pronunciar un mensaje desesperado.

—Vigílenla —dijo—. Y si en algún momento hubiera un instante en el que esté sola...

Después se tuvo que ir.

Pero durante aquella larga y terrible mañana no hubo nunca un momento en el que Caroline estuviera sola. Estuvo rodeada por una multitud de espectadores.

Para Elena, el desfile fue una total tortura. Permaneció sentada en la calesa junto al alcalde y su esposa, intentando sonreír, intentando parecer normal. Pero el angustioso temor era como un peso abrumador en su pecho.

En algún lugar frente a ella, entre las bandas de música, grupos uniformados y los vehículos descapotables que desfilaban, estaba Caroline. Elena había olvidado averiguar en qué carroza estaba. La carroza de la escuela, quizá; una gran mayoría de los niños más pequeños disfrazados estarían en ésa.

No importaba. Donde fuera que estuviera Caroline, estaba a la vista de media ciudad.

La comida que siguió al desfile se celebró en el comedor de la escuela secundaria, y Elena se vio atrapada en una mesa con el alcalde Dawley y su esposa. Caroline estaba en una mesa próxima; Elena podía ver la brillante parte posterior de su melena caoba. Y sentado a su lado, a menudo inclinándose posesivamente sobre ella, estaba Tyler Smallwood.

Elena se hallaba en una posición perfecta para ver el pequeño drama que tuvo lugar más o menos a la mitad de la comida. El corazón le dio un vuelco cuando vio a Stefan pasar, con expresión indiferente, junto a la mesa de Caroline.

Habló con Caroline. Elena observó, olvidando incluso juguetear con la comida intacta de su plato. Pero lo que vio a continuación hizo que el alma se le cayera a los pies. Caroline agitó la cabeza, le respondió brevemente y luego regresó a su comida. Y Tyler se levantó pesadamente, con el rostro enrojeciendo, a la vez que efectuaba un gesto de enojo. No volvió a sentarse hasta que Stefan se alejó.

Stefan miró en dirección a Elena al momento de retirarse, y por un instante sus ojos se encontraron en muda comunión.

No había nada que él pudiera hacer, entonces. Incluso si sus Poderes habían regresado, Tyler lo mantendría alejado de Caroline. El aplastante peso oprimió los pulmones de Elena de tal modo que apenas pudo respirar.

Después de eso, se limitó a permanecer sentada, presa del abatimiento y la desesperación, hasta que alguien le dio un golpecito y le indicó que era hora de ir tras bastidores.

Escuchó casi con indiferencia el discurso de bienvenida del alcalde Dawley, que habló sobre los «duros momentos» a los que Fell's Church se había enfrentado recientemente y sobre el espíritu de comunidad que los había animado durante aquellos últimos meses. A continuación se entregaron premios, por buen rendimiento, proezas atléticas, servicios a la comunidad... Matt subió para recibir el de Atleta Masculino Excepcional del Año, y Elena vio que la miraba con curiosidad.

Después tuvo lugar la representación histórica. Los niños de primaria rieron, tropezaron y olvidaron sus frases mientras representaban sus respectivas escenas, desde la fundación de Fell's Church hasta la Guerra de Secesión. Elena lo contempló sin asimilar nada de todo aquello. Ya desde la noche anterior se había estado sintiendo ligeramente mareada y temblorosa, y en aquellos momentos se sentía como si estuviera empezando a ser víctima de la gripe. Su mente, por lo general tan repleta de planes y cálculos, estaba vacía. Ya no podía pensar. Ya casi ni le importaba.

La representación terminó con un centelleo de flashes y tumultuosos aplausos. Cuando el último pequeño soldado confederado abandonó el escenario, el alcalde Dawley pidió silencio.

—Y ahora —dijo—, los alumnos que llevarán a cabo las ceremonias de clausura. ¡Por favor, muestren su reconocimiento al Espíritu de Independencia, al Espíritu de Fidelidad y al Espíritu de Fell's Church!

Los aplausos fueron aún más atronadores. Elena se colocó de pie junto a John Clifford, el inteligente alumno de último año que había sido elegido para representar el Espíritu de la Independencia. Al otro lado de John estaba Caroline. De un modo distante, casi apático, Elena advirtió que Caroline parecía espléndida: la cabeza echada hacia atrás, los ojos llameantes, las mejillas sonrosadas.

John avanzó en primer lugar, acomodándose los lentes y ajustando el micrófono antes de leer en el grueso libro color café situado sobre el atril. Oficialmente, los alumnos de último año eran libres de elegir sus propias lecturas; en la práctica, casi siempre leían algo tomado de las obras de M. C. Marsh, el único poeta que Fell's Church había producido en toda su historia.

Durante toda la lectura de John, Caroline se dedicó a eclipsarlo. Sonrió a la audiencia, sacudió sus cabellos; sopesó el ridículo que colgaba de su cintura. Sus dedos acariciaron amorosamente la bolsa, y Elena se encontró mirándola fijamente, hipnotizada, memorizando cada cuenta de aquel accesorio.

John efectuó una reverencia y regresó a su lugar junto a Elena. Caroline irguió los hombros y avanzó como una modelo hasta el atril.

En esta ocasión los aplausos se mezclaron con chiflidos. Pero Caroline no sonrió; había adoptado un aire de trágica responsabilidad. Con exquisito sentido del momento, esperó hasta que la sala de actos quedó en perfecto silencio para hablar.

—Mi intención era leer un poema de M. C. Marsh hoy —dijo

entonces, ante la atenta quietud del auditorio—, pero no lo voy a hacer. ¿Por qué leer esto —levantó el volumen de poesía del siglo XIX— cuando hay algo mucho más... relevante... en un libro que encontré por casualidad?

«Que dio la casualidad que robé, quieres decir», pensó Elena. Sus ojos buscaron entre los rostros de la multitud, y localizó a Stefan. Estaba de pie, hasta el fondo, con Bonnie y Meredith paradas una a cada lado como si lo protegieran. Entonces Elena reparó en algo más. Tyler, junto con Dick y otros chavos, estaba de pie unos cuantos metros más atrás. Los chicos eran de más edad que los alumnos de secundaria y parecían rudos, y eran cinco.

«Vete», pensó Elena, volviendo a encontrar los ojos de Stefan. Deseó que comprendiera lo que le decía. «Vete, Stefan; por favor, retírate antes de que suceda. Vete ahora».

De un modo muy leve, casi imperceptible, Stefan negó con la cabeza.

Los dedos de Caroline se sumergían en aquellos momentos en la bolsa como si no pudiera esperar más.

—Lo que voy a leer es sobre Fell's Church en la actualidad, no hace cien o doscientos años —decía, sumiéndose en una especie de exultación febril—. Es importante ahora, porque trata de alguien que vive en la ciudad con nosotros. De hecho, él está hoy aquí, en esta habitación.

Tyler debía de haberle escrito el discurso, decidió Elena. El mes anterior, en el gimnasio, había demostrado un don único para este tipo de cosas. «Ah, Stefan, ah, Stefan, estoy asustada...». Sus pensamientos se transformaron en incoherencias cuando Caroline hundió la mano en la bolsa.

—Creo que comprenderan a qué me refiero cuando lo escuchen —dijo, y con un rápido gesto extrajo un libro con cubierta de terciopelo y lo alzó teatralmente—. Creo que explicará mucho de lo que ha estado sucediendo en Fell's Church recientemente.

Respirando rápida y superficialmente, pasó la mirada de la cautivada audiencia al libro que sostenía en su mano.

Elena casi se había desvanecido cuando Caroline extrajo el diario. Brillantes centelleos discurrieron por los bordes de su visión, y la marea rugió, lista para aplastar a Elena, y entonces ésta advirtió algo.

Debían de ser sus ojos. Las luces del escenario y los flashes sin duda los habían deslumbrado. Ella se sentía a punto de desmayarse en cualquier momento; no le sorprendía en absoluto que no pudiera ver con claridad.

El libro que tenía Caroline en las manos parecía verde, no azul.

«Debo de estar volviéndome loca... o esto es un sueño... o quizá es un truco de la luz. Pero, ¡mira la cara de Caroline!».

Caroline, abriendo y cerrando la boca, contemplaba fijamente el libro de terciopelo. Parecía haber olvidado totalmente al público. Le dio vueltas al diario una y otra vez entre sus manos, mirándolo por todos lados. Sus movimientos se volvieron frenéticos. Introdujo violentamente una mano en el ridículo como si de algún modo esperara encontrar algo más en él. Luego paseó una mirada enloquecida por el escenario, como si lo que buscaba pudiera haber caído al piso.

El público murmuraba, se impacientaba. El alcalde Dawley y el director de la escuela secundaria intercambiaban miradas de desaprobación con los labios apretados.

No habiendo encontrado nada en el piso, Caroline volvía a mirar con fijeza el pequeño libro. Pero en aquellos momentos lo contemplaba como si fuera un escorpión. Con un repentino ademán, lo abrió violentamente y miró dentro, como si su última esperanza fuera que sólo la tapa hubiera cambiado y que las palabras del interior pudieran ser las de Elena.

Después alzó despacio la vista del libro y la dirigió a la atestada sala.

Se había vuelto a hacer el silencio, y el momento se prolongó mientras todos los ojos permanecían fijos en la muchacha del vestido verde pálido. Entonces, con un sonido inarticulado, Caroline giró sobre sus talones y abandonó el escenario con un ruido de tacones. Golpeó a Elena al pasar. Su rostro era una máscara de rabia y odio.

Con delicadeza, con la sensación de estar flotando, Elena se inclinó para recoger aquello con lo que Caroline había intentado golpearla.

Era el diario de Caroline.

Había actividad detrás de Elena, mientras la gente corría atrás de Caroline, y frente a ella, a medida que el público prorrumpía en comentarios, discusiones y disputas. Elena localizó a Stefan. Por su aspecto, parecía como si el júbilo fuera embargándolo; pero también parecía tan perplejo como Elena. Bonnie y Meredith daban la misma impresión. Cuando la mirada de Stefan se cruzó con la suya, Elena sintió una oleada de gratitud y de alegría, pero su emoción predominante era el asombro.

Era un milagro. Más allá de toda esperanza, la habían librado. Se habían salvado.

Y entonces sus ojos distinguieron otra cabeza oscura entre la multitud.

Damon estaba recostado... no, apoltronado..., en la pared norte. Sus labios estaban curvados en una media sonrisa, y sus ojos se clavaron en los de Elena descaradamente.

198

El alcalde Dawley estaba en aquellos momentos junto a ella, instándola a adelantarse, acallando a la multitud, intentando restaurar el orden. No servía de nada. Elena le leyó su fragmento con voz distraída a un grupo de gente que platicaba sin prestarle la menor atención. Tampoco ella prestaba atención; no tenía ni idea de las palabras pronunciaba. De vez en cuando miraba a Damon.

Se escuchó un aplauso, disperso y distraído, cuando finalizó, y el alcalde anunció el resto de los acontecimientos para aquella tarde. Y luego todo terminó, y Elena fue libre para irse.

Flotó hacia afuera del escenario sin tener una idea consciente de hacia dónde iba, pero sus piernas la transportaron hasta la pared norte. La cabeza de Damon desapareció por la puerta lateral y ella la siguió.

El aire del patio parecía deliciosamente fresco después de estar en la atestada sala, y las nubes del cielo eran plateadas y estaban arremolinadas. Damon la esperaba.

Los pasos de Elena perdieron velocidad, pero no se detuvieron. Avanzó hasta quedar sólo a unos treinta centímetros de él, escudriñando su rostro con los ojos.

Hubo un largo momento de silencio, y luego ella habló:

—¿Por qué?

—Pensaba que estarías más interesada en cómo. —Palmeó su chamarra significativamente—. Fui invitado a tomar café esta mañana, luego de iniciar una relación con ellos la semana pasada.

—Pero, ¿por qué?

Se encogió de hombros, y durante un instante algo que parecía consternación apareció fugazmente en las hermosamente dibujadas facciones. A Elena le pareció como si él mismo no supiera el motivo... o no quisiera admitirlo.

—Para mis propios propósitos —contestó.

—No lo creo. —Algo estaba creciendo entre ellos, algo que asustaba a Elena con su poder—. No creo que ésa sea la razón en absoluto.

Un destello peligroso apareció en aquellos ojos oscuros.

—No me presiones, Elena.

Ella se acercó más, tanto que casi lo tocaba, y lo miró.

—Creo —dijo— que tal vez necesitas que te presionen.

Su rostro estaba sólo a unos centímetros del de ella, y Elena jamás supo qué podría haber sucedido si en aquel momento una voz no los hubiera interrumpido.

—¡Al final pudiste venir! ¡Me alegro tanto!

Era la tía Judith. Elena sintió como si la trasladaran a toda velocidad de un mundo a otro. Pestañeó con una sensación de vértigo, retrocediendo a la vez que soltaba el aire que no había advertido que estaba conteniendo.

—Y pudiste escuchar a Elena —prosiguió la tía Judith alegremente—. Lo hiciste muy bien, Elena, pero no sé qué le pasó a Caroline. Todas las chicas de esta ciudad están actuando como si estuvieran embrujadas últimamente.

—Han de ser los nervios —sugirió Damon, con el rostro cuidadosamente solemne.

Elena sintió el impulso de reírse tontamente, y luego una oleada de irritación. Estaba muy bien sentirse agradecida con Damon por haberlos salvado, pero de no haber sido por el mismo Damon, no habría existido un problema. Damon había cometido los crímenes que Caroline quería adjudicarle a Stefan.

—¿Y dónde está Stefan? —dijo, dando voz a su siguiente pensamiento.

Podía ver a Bonnie y a Meredith en el patio, solas.

El rostro de la tía Judith mostró desaprobación.

—No lo he visto —dijo con tono sucinto, y después sonrió cariñosamente—. Pero tengo una idea: ¿por qué no vienes a cenar con nosotros, Damon? Luego, tal vez tú y Elena podrían...

—¡Detén esto! —le dijo Elena a Damon, que se mostró educadamente inquisitivo.

—¿Qué? —inquirió la tía Judith.

—¡Detén esto! —le repitió Elena a Damon—. Ya sabes qué. ¡Detenlo ahora mismo!

15

—¡Elena, estás siendo grosera! —La tía Judith casi nunca se enojaba, pero ahora lo estaba—. Estás demasiado grandecita para tener esta clase de comportamiento.

—¡No es grosería! No comprendes que...

—Comprendo perfectamente. Estás actuando exactamente igual que cuando Damon vino a cenar. ¿No crees que un invitado merece un poco más de consideración?

La frustración se apoderó de Elena.

—Ni siquiera sabes lo que dices —respondió.

Aquello era demasiado. Oír las palabras de Damon en los labios de su tía... era insufrible.

—¡Elena!

Un rubor intenso ascendía por las mejillas de la tía Judith.

—¡Me indignas! Y tengo que decir que este comportamiento infantil se inició en el momento en que empezaste a salir con ese chavo.

—Ah, «ese chavo». —Elena le dirigió una mirada iracunda a Damon.

—¡Sí, ese chavo! —respondió la tía Judith—. Desde el momento en que perdiste la cabeza por él has sido una persona distinta. ¡Irresponsable, reservada... y desafiante! Ha sido una mala influencia desde el principio, y no pienso tolerarlo más.

—¿De veras?

Elena sentía como si les estuviera hablando a Damon y a su tía Judith al mismo tiempo y paseaba la mirada de uno a otro. Todas las emociones que había estado conteniendo durante los últimos días —durante las últimas semanas, durante los meses desde que Stefan había llegado a su vida— brotaban a borbotones. Era como un gran maremoto en su interior, sobre el que carecía de control.

Advirtió que estaba temblando.

—Bien, pues lo siento mucho, porque vas a tener que tolerarlo. Jamás voy a dejar a Stefan, por nadie. ¡Desde luego que no lo dejaría por ti!

Esto último iba dirigido a Damon, pero la tía Judith lanzó una exclamación.

—¡Es suficiente! —soltó Robert, que había aparecido con Margaret y tenía una expresión sombría—. Jovencita, si éste es el modo en que ese chavo te anima a hablarle a tu tía...

—¡Él no es «ese chavo»!

Elena retrocedió otro paso, para poder mirarlos a todos de frente. Estaba haciendo un "oso", todo el mundo en el patio la miraba. Pero no le importaba. Había mantenido ocultos sus sentimientos durante demasiado tiempo, empujándolos hasta el fondo, donde no se pudieran ver, toda su ansiedad, su miedo y su rabia. Toda la preocupación por Stefan, todo el terror que le inspiraba Damon, toda la vergüenza y la humillación padecidas en la escuela, los había enterrado profundamente.

Pero en aquellos momentos todo regresaba. Todo ello, todo a la vez, en una vorágine de una violencia tremenda. El corazón le martilleaba enloquecido; los oídos le resonaban. Sentía que nada importaba, excepto lastimar a las personas que tenía frente a ella, darles una lección.

—Él no es «ese chavo» —volvió a decir, y su voz tenía una frialdad letal—. Se llama Stefan y es todo lo que me importa. Y resulta que estoy comprometida con él.

—¡Vamos, no seas ridícula! —tronó Robert.

Aquello fue la gota que derramó el vaso.

—¿Es esto ridículo? —Alzó la mano con el anillo hacia ellos—. ¡Nos vamos a casar!

—Tú no te vas a casar —empezó a decir Robert.

Todo el mundo estaba furioso. Damon agarró su mano y contempló fijamente el anillo, luego giró bruscamente y se alejó a grandes zancadas, cada paso lleno de ferocidad a duras penas contenida. Robert seguía mascullando las palabras, exasperado. La tía Judith echaba chispas.

—Elena, te prohíbo absolutamente...

—¡Tú no eres mi madre! —gritó Elena.

Las lágrimas intentaban abrirse paso afuera de sus ojos. Necesitaba irse, estar sola, estar con alguien que la quisiera.

—¡Si Stefan pregunta, díganle que estaré en la casa de huéspedes! —añadió, y salió corriendo por entre la multitud.

Esperó a medias que Bonnie o Meredith la siguieran, pero se alegró de que no lo hicieran. El estacionamiento estaba lleno de vehículos, pero casi vacío de gente. La mayoría de las familias se iban a quedar a las actividades de la tarde. Pero un desvencijado Ford sedán estaba aparcado a poca distancia, y una figura familiar abría la portezuela.

—¡Matt! ¿Te vas?

Tomó una decisión al instante. Hacía demasiado frío como para recorrer a pie todo el camino hasta la casa de huéspedes.

—¿Eh? No, le tengo que ayudar al entrenador Lyman a quitar las mesas. Sólo estaba guardando esto. —Arrojó la placa de Atleta Excepcional en el asiento delantero—. Oye, ¿te sientes bien? —Sus ojos se abrieron de par en par al verle el rostro.

—Sí..., no. Lo estaré si puedo irme de aquí. Oye, ¿me puedo llevar tu carro? ¿Sólo un ratito?

—Bueno..., claro, pero... Ya sé, ¿por qué no dejas que yo te lleve? Iré a decírselo al entrenador Lyman.

—¡No! Sólo quiero estar sola... Ah, por favor, no hagas preguntas. —Casi le arrancó las llaves de la mano—. Lo traeré de regreso pronto, te lo prometo. O lo hará Stefan. Si ves a Stefan, dile que estoy en la casa de huéspedes. Y gracias.

Cerró la portezuela de golpe, mientras él protestaba, y aceleró el motor, con un chirrido de las marchas porque no estaba acostumbrada al cambio manual. Lo dejó allí de pie, mirando con asombro cómo se alejaba.

Iba manejando sin ver ni oír realmente nada del exterior, llorando, encerrada en su propio tornado de emociones. Stefan y ella huirían... Se fugarían... Les enseñarían a todos. No volvería a poner lo pies en Fell's Church.

Y entonces la tía Judith lo lamentaría. Entonces Robert vería lo equivocado que había estado. Pero Elena no les perdonaría nunca. Nunca.

En cuanto a Elena misma, ella no necesitaba a nadie. Ciertamente, no necesitaba a la vieja y estúpida escuela Robert E. Lee, donde una podía pasar de ser megapopular a ser una marginada de la sociedad en el mismo día, sólo por amar a la persona equivocada. No necesitaba una familia, ni tampoco amigos...

Mientras aminoraba la velocidad para ascender por el sinuoso camino particular de la casa de huéspedes, Elena sintió que sus pensamientos también se desaceleraban.

Bueno..., no estaba enfurecida con todos sus amigos. Bonnie y Meredith no habían hecho nada. Ni Matt. Matt se había portado bien. De hecho, podría no necesitarlo, pero su carro le había servido de mucho.

Sin quererlo, Elena sintió que una risita ahogada ascendía por su garganta. Pobre Matt. La gente siempre tomaba prestada aquella carcacha prehistórica suya. Debía de pensar que Stefan y ella estaban loquísimos.

La risita le hizo soltar unas cuantas lágrimas más y las secó, sacudiendo la cabeza. Dios, ¿cómo habían sucedido las cosas de ese modo? Qué día tan terrible. Debería estar ocupada en una celebración victoriosa porque habían vencido a Caroline, y en lugar de ello estaba llorando sola en el carro de Matt.

Aunque el aspecto de Caroline había sido real y condenadamente divertido. El cuerpo de Elena se estremeció con unas risitas levemente histéricas. Qué expresión tan patética la del rostro de Caroline. Esperaba que alguien la hubiera filmado en video.

Por fin, sollozos y risitas se calmaron, y Elena sintió una oleada de cansancio. Se recostó sobre el volante intentando no pensar en nada durante un rato, y después salió del coche.

Entraría y esperaría a Stefan, y luego los dos regresarían y se ocuparían del pleito que ella había organizado. Haría falta mucho trabajo mucho trabajo para arreglarlo, pensó fatigosamente. Pobre tía Judith. Elena le había gritado frente a media ciudad.

¿Por qué se había alterado tanto? Pero sus emociones seguían a flor de piel, como lo descubrió al notar que la puerta de la casa de huéspedes estaba cerrada con llave y nadie respondía al timbre.

Perfecto, maravilloso, se dijo, sintiendo que los ojos le volvían a arder. También la señora Flowers había ido a la fiesta del Día del Fundador. Y ahora Elena tenía que elegir entre sentarse en el carro o quedarse de pie allí afuera en medio de aquel vendaval...

Hasta entonces no había advertido el clima que hacía, pero ahora miró a su alrededor alarmada. El día había empezado nublado y helado, pero en aquellos momentos había una neblina que se deslizaba a ras de suelo, como exhalada por los campos circundantes. Las nubes no sólo estaban arremolinadas: bullían. Y el viento era cada vez más fuerte.

Gemía a través de las ramas de los robles, arrancando las hojas que quedaban y lanzándolas como un aguacero. El sonido aumentaba sin parar; no era sólo un gemido, era un aullido.

Y había algo más. Algo que venía no sólo del viento, sino del aire mismo, o del espacio alrededor del aire. Una sensación de presión, de amenaza, de alguna fuerza inimaginable. Acumulaba poder, se acercaba, la rodeaba.

Elena se giró en redondo de cara a los robles.

Había un bosquecillo detrás de la casa, y otro al fondo, fusionándose con el bosque. Y más allá estaban el río y el cementerio.

Algo... estaba allí afuera. Algo... muy malo...

—No —murmuró Elena.

No podía verlo, pero lo percibía, como una gran forma alzándose para colocarse sobre ella, ocultando el cielo. Percibió la maldad, el odio, la furia animal.

La sed de sangre. Stefan había usado la palabra, pero ella no la había comprendido. Ahora sentía esa sed de sangre... concentrada en ella.

—¡No!

Más y más alto, aquello se erguía sobre ella. Seguía sin poder ver nada, pero era como si unas alas enormes se desplegaran, estirándose para tocar el horizonte a ambos lados. Algo con un poder que iba más allá de toda comprensión... y que quería matar...

—¡No!

Corrió hacia el vehículo justo cuando aquello ya se inclinaba y descendía en picada hacia ella. Sus manos buscaron desesperadamente la manija, y hurgó torpemente con las llaves en la cerradura. El viento aullaba, jalando sus cabellos. Hielo arenoso le roció los ojos, cegándola, pero entonces la llave giró y abrió la puerta de un jalón.

¡A salvo! Cerró de golpe la portezuela y descargó el puño sobre el seguro. Luego se arrojó sobre el asiento para revisar los seguros del otro lado.

El viento rugió como un millar de voces en el exterior. El automóvil empezó a balancearse.

—¡Detente! ¡Damon, detente!

Su débil grito se perdió en medio del estrépito. Alargó las manos sobre el tablero como para equilibrar el vehículo, y éste se balanceó con más fuerza mientras el hielo lo acribillaba.

Entonces vio algo. La ventanilla trasera se estaba empañando, pero pudo distinguir una forma a través de ella. Parecía un pájaro enorme hecho de niebla o nieve, pero los contornos eran imprecisos. De lo que estaba segura era de que poseía enormes alas que se agitaban con fuerza... y de que iba hacia ella.

«Pon la llave en el contacto. ¡Hazlo! ¡Ahora, vete!». Su mente le transmitía órdenes en tono seco. El viejo Ford rugió y las llantas rechinaron más fuerte que el viento cuando emprendió la marcha. Y la figura que iba tras ella la siguió, apareciendo cada vez más grande en el retrovisor.

«Ve a la ciudad, ve con Stefan! ¡Vete! ¡Vete!». Pero cuando penetraba con un chirrido en la carretera de Old Creek, girando hacia la izquierda y con las llantas barriéndose, un rayo iluminó el cielo.

De no haber estado patinando y frenando, el árbol se habría estrellado contra ella. De todos modos, el violento impacto sacudió el vehículo como un terremoto, sin alcanzar la salpicadera derecha por unos centímetros. El árbol era una masa de ramas que se agitaban, con el tronco bloqueando por completo el camino de regreso a la ciudad.

Estaba atrapada. Su única ruta estaba cortada. Estaba sola, no había escapatoria de aquel Poder terrible...

Poder. Eso era, ésa era la clave. «Cuanto más fuertes son tus Poderes, más te atan las normas de la oscuridad».

¡Agua corriente!

Dando marcha atrás al vehículo, le dio la vuelta y luego lo lanzó hacia adelante. La forma blanca viró y descendió en picada, sin conseguir alcanzarla por tan poco como había sucedido con el árbol, y a continuación ella corría a toda velocidad por la carretera de Old Creek hacia lo peor de la tormenta.

Aquello seguía detras de ella, y sólo un pensamiento martilleaba en su cerebro en aquel momento: tenía que cruzar por donde hubiera agua corriente para dejar atrás aquella cosa.

Hubo más relámpagos, y vislumbró otros árboles que caían, pero los esquivó con virajes bruscos. No podía estar lejos ya. Veía el río que discurría centelleante a su izquierda por entre la torrencial granizada. Entonces divisó el puente.

¡Estaba allí; lo había conseguido! Una ráfaga arrojó aguanieve sobre el parabrisas, pero con el siguiente movimiento de los limpiaparabrisas volvió a ver fugazmente. Era aquello, la curva debía de estar allí mismo.

El carro dio un bandazo y patinó sobre la estructura de madera. Elena notó cómo las llantas se aferraban a tablas resbaladizas, y luego sintió cómo se bloqueaban. Desesperada, intentó girar con el patinazo, pero no podía ver y no había espacio...

Y entonces se encontró estrellándose contra el barandal, la madera podrida del puente peatonal cediendo bajo un peso que no era capaz de soportar. Tuvo una escalofriante sensación de girar como un trompo, de caer, y el automóvil chocó contra el agua.

Elena escuchó gritos, pero no parecían estar relacionados con ella. El río se elevó a su alrededor y todo fue ruido, confusión y dolor. Una ventana se hizo pedazos al ser golpeada por pedazos de escombro, y luego otra. El agua oscura penetró a borbotones, junto con cristales que eran como hielo. Quedó sepultada. No podía ver; no podía salir.

Y no podía respirar. Estaba perdida en aquel tumulto infernal, y no había aire. Tenía que respirar. Tenía que salir de allí.

—¡Stefan, ayúdame! —gritó.

Pero su grito no emitió ningún sonido. En lugar de ello, el agua helada penetró a borbotones en sus pulmones, invadiéndola. Se debatió contra ella, pero era demasiado fuerte. Sus esfuerzos se volvieron más frenéticos, más faltos de coordinación, y luego se detuvieron.

Entonces todo se paralizó.

Bonnie y Meredith rastreaban los alrededores de la escuela con impaciencia. Habían visto a Stefan caminar en aquella dirección, más o menos obligado por Tyler y sus nuevos amigos, y habían empezado a seguirlo, pero entonces Elena había armado aquel "pancho". Y luego Matt les había informado de que se había ido. Así que habían regresado a buscar a Stefan, pero no había nadie allí. No había ni siquiera edificios, excepto un solitario cobertizo prefabricado.

—¡Y ahora se aproxima una tormenta! —dijo Meredith—. ¡Escucha ese viento! Creo que va a llover.

—¡O a nevar! —Bonnie se estremeció—. ¿Adónde fueron?

—No me importa; sólo quiero estar bajo techo. ¡Ya está aquí!

Meredith lanzó un grito ahogado cuando la primera cortina de lluvia helada la golpeó, y ella y Bonnie corrieron hacia el refugio más próximo: el cobertizo prefabricado.

Y allí fue donde encontraron a Stefan. La puerta estaba entreabierta, y cuando Bonnie miró hacia adentro se echó para atrás, asustada.

—¡La palomilla de matones de Tyler! —siseó—. ¡Cuidado!

Stefan tenía a un semicírculo de chavos situado entre él y la puerta. Caroline estaba en la esquina.

—¡Tiene que tenerlo! Lo agarró de algún modo; ¡sé que lo hizo! —decía ella.

—¿Agarró qué? —preguntó Meredith en voz alta, y todo el mundo volteó hacia ella.

El rostro de Caroline se descompuso al verlas en la entrada, y Tyler gruñó.

—Salgan —dijo—. No les conviene involucrarse en esto.

Meredith se hizo como que no escuchaba.

—Stefan, ¿puedo hablar contigo?

—Espera un minuto. ¿Vas a responder a su pregunta? ¿Agarró qué? —Stefan se estaba concentrando en Tyler, con toda su atención puesta en él.

—Por supuesto que responderé a su pregunta. Después de que responda la tuya. —La mano rolliza de Tyler golpeó contra su puño y el muchacho avanzó—. Te voy a hacer picadillo, Salvatore.

Varios de los chicos duros rieron, burlones.

Bonnie abrió la boca para decir: «Salgamos de aquí». Pero lo que en realidad dijo fue:

—El puente.

Fue lo bastante extraño como para hacer que todos la miraran.

—¿Qué? —dijo Stefan.

—El puente —repitió Bonnie, sin que su intención fuera decir aquello.

Sus ojos se desorbitaron, alarmados. Oía la voz que surgía de su garganta, pero no tenía control sobre ella. Y entonces sintió que sus ojos se abrían más y su boca se abría y recuperó su propia voz.

—El puente, oh, Dios mío, ¡el puente! ¡Ahí es donde está Elena! Stefan, tenemos que salvarla... ¡Apúrate!

—Bonnie, ¿estás segura?

—Sí, oh, Dios mío..., es ahí a donde ha ido. ¡Se está ahogando! ¡De prisa!

Oleadas de espesa oscuridad descendieron sobre Bonnie. Pero ella no podía desvanecerse en aquel momento: tenían que llegar hasta Elena.

Stefan y Meredith vacilaron un minuto, y luego Stefan atravesó la palomilla de matones, apartándolos como si fueran de papel de seda. Corrieron por el campo de deportes hacia el estacionamiento, arrastrando a Bonnie con ellos. Tyler empezó a perseguirlos, pero se detuvo cuando toda la fuerza del viento lo golpeó.

—¿Por qué querría ella salir en medio de esta tormenta? —gritó Stefan mientras saltaban al interior del vehículo de Meredith.

—Estaba trastornada; Matt dijo que se llevó su carro —jadeó Meredith como respuesta en el relativo silencio del interior del automóvil.

Arrancó el auto apresuradamente y giró de cara al viento, acelerando peligrosamente.

—Dijo que iba a la casa de huéspedes.

—¡No, está en el puente! ¡Meredith, maneja más rápido! ¡Dios mío, vamos a llegar demasiado tarde!

Las lágrimas se deslizaban por el rostro de Bonnie.

Meredith apretó a fondo el acelerador. El vehículo se balanceó, azotado por el viento y la aguanieve. Durante todo aquel viaje de pesadilla, Bonnie no dejó de sollozar, aferrada al asiento que tenía delante.

La súbita advertencia de Stefan le impidió a Meredith chocar contra el árbol. Bajaron a la carrera y se vieron inmediatamente azotados y castigados por el viento.

—¡Es demasiado grande para moverlo! Tendremos que ir caminando —gritó Stefan.

Por supuesto que era demasiado grande para moverlo, se dijo Bonnie, que ya se trepaba por entre las ramas. Era un roble adulto. Pero una vez del otro lado, el helado vendaval arrancó todo pensamiento de su cabeza.

En cuestión de minutos estaba entumecida, y el trayecto por la carretera pareció durar horas. Intentaron correr, pero el viento los empujaba hacia atrás. Apenas podían ver; de no haber sido por Stefan, habrían caído por la margen del río. Bonnie empezó a zigzaguear como si estuviera borracha, y estaba a punto de caer al suelo cuando escuchó a Stefan que gritaba más adelante.

El brazo de Meredith, que la rodeaba, la abrazó con más fuerza, y volvieron a iniciar una tambaleante carrera. Pero al acercarse al puente, lo que vieron las hizo detenerse en seco.

—¡Dios mío..., Elena! —gritó Bonnie.

El puente Wickery era una masa de escombros astillados. El barandal de un lado había desaparecido y los tablones habían cedido como si un puño gigante los hubiera destrozado. Debajo, las oscuras aguas se arremolinaban sobre un horripilante montón de escombros. Una parte de los escombros, totalmente sumergido excepto por los faros, era el vehículo de Matt.

Meredith también gritaba, pero le gritaba a Stefan.

—¡No! ¡No puedes bajar por ahí!

Él ni siquiera miró hacia atrás. Se zambulló desde la orilla, y el agua se cerró sobre su cabeza.

Más tarde, el recuerdo de Bonnie sobre la hora siguiente sería misericordiosamente borroso. Recordó haber esperado a Stefan mientras la tormenta rugía interminable. Recordó que ya casi había perdido toda esperanza cuando por fin una figura encorvada salió tambaleante del agua. Recordó no haber sentido ninguna decepción, sólo un pesar inmenso, al ver la figura inerte que Stefan depositaba sobre la carretera.

Y recordó el rostro de Stefan.

Recordó su expresión mientras intentaban hacer algo por Elena. Sólo que ya no era realmente Elena quien yacía allí, era una muñeca de cera con las facciones de Elena. No era un ser que hubiera estado nunca vivo y, desde luego, no estaba vivo en aquel momento. Bonnie pensó que parecía estúpido seguir golpeándola y presionándola, intentando extraer el agua de sus pulmones y todo eso. Las muñecas de cera no respiraban.

Recordó el rostro de Stefan cuando finalmente se dio por vencido. Cuando Meredith forcejeó con él y le gritó, diciendo algo sobre pasar más de una hora sin aire, y daños cerebrales. Las palabras penetraron en Bonnie, pero no su significado. Simplemente le pareció curioso que mientras Meredith y Stefan se gritaban el uno al otro, estuvieran los dos llorando.

Stefan dejó de llorar después de aquello. Se limitó a quedarse sentado abrazando a la muñeca Elena. Meredith gritó un poco más, pero él no la escuchó. Se limitó a quedarse sentado. Y Bonnie jamás olvidaría su expresión.

Y entonces algo atravesó a Bonnie como una llamarada, devolviéndola a la vida, despertándola al terror. Aferró a Meredith, y miró con ojos desorbitados a su alrededor en busca del origen. Algo malo..., algo terrible se acercaba. Estaba casi allí.

Stefan pareció sentirlo también. Estaba alerta, rígido como un lobo que ha captado un rastro.

—¿Qué es? —gritó Meredith—. ¿Qué te pasa?

—¡Tienen que irse! —Stefan se puso de pie, sosteniendo aún el cuerpo inerte en sus brazos—. ¡Salgan de aquí!

—¿Qué quieres decir? No podemos dejarte...

—¡Sí, pueden! ¡Salgan de aquí! ¡Bonnie, sácala!

Nadie le había dicho nunca antes a Bonnie que cuidara de otra persona. La gente siempre cuidaba de ella. Pero ahora sujetó el brazo de Meredith y la empezó a jalonear. Stefan tenía razón. No había nada que pudieran hacer por Elena, y si se quedaban, lo que fuera que había acabado con ella las atraparía.

—¡Stefan! —gritó Meredith mientras se veía incomprensiblemente arrastrada lejos de allí.

—La depositaré debajo de los sauces. Los sauces, no los robles —les gritó él mientras se alejaban.

«¿Por qué nos dirá eso ahora?», se preguntó Bonnie en algún lugar del fondo de su mente que no estaba ocupado por el miedo y la tormenta.

La respuesta era sencilla, y su mente se la proporcionó de inmediato: porque él no estaría allí más tarde para decírselo.

16

Hacía mucho tiempo, en las oscuras callejuelas de Florencia, muriéndose de hambre, asustado y exhausto, Stefan se había hecho a sí mismo una promesa. Varias promesas, de hecho, sobre usar los Poderes que percibía en su interior y sobre cómo tratar a las débiles, atarantadas y todavía humanas criaturas de su alrededor.

Ahora las iba a romper todas.

Había besado la frente helada de Elena y la había tendido debajo un sauce. Regresaría allí, si podía, para reunirse con ella después.

Tal y como lo había pensado, la oleada de Poder había pasado por encima de Bonnie y Meredith y lo había seguido, pero había vuelto a retirarse, y en aquellos momentos había regresado, esperando.

No dejaría que esperara mucho tiempo.

Libre del peso del cuerpo de Elena, se lanzó a medio galope, como un depredador, por la vacía carretera. La helada aguanieve y el viento no le molestaban demasiado. Sus sentidos de cazador se abrían paso a través de ellos.

Los dedicó a la tarea de localizar la presa que deseaba. Ahora no había que pensar en Elena. Más tarde, lo haría, cuando esto finalizara.

Tyler y sus amigos seguían en el cobertizo prefabricado. Estupendo. Ni se dieron cuenta de lo que se les venía encima cuando la ventana estalló en una lluvia de fragmentos de cristal y la tormenta sopló hacia el interior.

Stefan estaba decidido a matar cuando agarró a Tyler por el cuello y hundió en él los colmillos. Aquélla había sido una de sus normas, no matar, y quería romperla.

Pero otro de los matones fue hacia él antes de que le hubiera chupado toda la sangre a Tyler. El tipo no intentaba proteger a su jefe caído, sólo escapar. Tuvo la mala suerte de que su ruta lo hiciera cruzarse en el camino de Stefan, quien lo arrojó al piso y mordió la nueva vena con ansia.

El cálido sabor a cobre lo reavivó, le dio calor, fluyó por él como fuego. Hizo que quisiera más.

Poder. Vida. Ellos la tenían; él la necesitaba. Con el glorioso torrente de energía que le llegó con lo que ya había bebido, los dejó fácilmente sin sentido. Luego pasó de uno a otro bebiendo profundamente y arrojándolos a un lado. Fue como abrir latas de bebida.

Estaba con el último cuando vio a Caroline acurrucada en la esquina.

Su boca chorreaba cuando alzó la cabeza para mirarla. Aquellos ojos verdes, por lo general tan entrecerrados, mostraban toda la zona blanca que los rodeaba igual que los de un caballo aterrado. Los labios eran pálidas manchas borrosas mientras balbuceaba mudas súplicas.

La puso de pie jalándola de los ceñidores verdes de su cintura. La muchacha gimoteaba, los ojos en blanco en las cuencas. Enrolló la mano en la cabellera color castaño rojizo para colocar la expuesta garganta donde la quería, echó la cabeza hacia atrás para atacar... y Caroline gritó y se quedó inerte.

La dejó caer al piso. Ya había tomado suficiente de todos modos. Estaba a reventar de sangre, como una garrapata sobrealimentada. Jamás se había sentido tan fuerte, tan cargado de poder elemental.

Ahora era el momento de ir a buscar a Damon.

Salió del cobertizo del mismo modo en que había entrado. Pero no en forma humana. Un halcón de caza remontó el vuelo desde la ventana y giró en el cielo.

La nueva forma era maravillosa. Fuerte... y cruel. Y sus ojos eran agudos. Lo llevó a donde quería, pasando por encima de los robles del bosque. Buscaba un claro en concreto.

Lo encontró. El viento lo acuchilló, pero describió una espiral descendente, con un agudo chillido de desafío. Damon, en forma humana en el suelo, alzó las manos para proteger su rostro cuando el halcón descendió en picada hacia él.

Stefan arrancó ensangrentados jirones de sus brazos y oyó los gritos de dolor y cólera con que le respondía Damon.

«Ya no soy tu débil hermano menor». Proyectó el pensamiento sobre Damon con un aturdidor estallido de Poder. «Y esta vez vengo por tu sangre».

Sintió la estela del odio de Damon, pero la voz en su mente era burlona. «¿Así que éste es el agradecimiento que recibo por salvarte a ti y a tu prometida?».

Las alas de Stefan se plegaron y volvió a descender en picada, con todo su mundo reducido a un objetivo. Matar. Se lanzó hacia los ojos de Damon, y el palo que su hermano había agarrado para defenderse siseó junto a su nuevo cuerpo. Sus uñas desgarraron la mejilla de Damon y la sangre manó de él. Magnífico.

«No deberías haberme dejado vivo —le dijo a Damon—. Deberías habernos matado a los dos al instante».

«¡Con mucho gusto corregiré el error!» Damon no había estado preparado antes, pero Stefan sintió ahora cómo absorbía Poder, armándose, preparándose. «Pero primero deberías decirme a quién se supone que maté esta vez».

El cerebro del halcón fue incapaz de procesar el aluvión de emociones que desató la hiriente pregunta. Gritando sin palabras, se dejó caer sobre Damon de nuevo, pero esta vez el pesado palo dio en el blanco. Herido, con una ala colgando, el halcón cayó detrás de Damon.

Stefan cambió inmediatamente a su propia forma, apenas sintiendo el dolor del brazo roto. Antes de que Damon pudiera girar, lo agarró, con los dedos del brazo sano clavándose en el cuello de su hermano para obligarlo a girar en redondo.

Cuando habló, casi lo hizo con dulzura.

—Elena—dijo en un susurro, y se lanzó sobre el cuello de Damon.

Estaba oscuro y hacía mucho frío, y alguien estaba herido. Alguien necesitaba ayuda.

Pero ella estaba terriblemente cansada.

Los párpados de Elena se abrieron con un aleteo, y eso se encargó de eliminar la oscuridad. En cuanto al frío..., estaba helada hasta los huesos, congelada. Y no era raro, porque estaba toda cubierta de hielo.

En algún lugar, muy dentro de ella, supo que había otro motivo también.

¿Qué había sucedido? Había estado en su casa, dormida... No, era el Día del Fundador. Había estado en el comedor, en el escenario.

El rostro de alguien había tenido un aspecto curioso.

Era demasiado para enfrentarse a todo ello; era incapaz de pensar. Rostros sin cuerpos flotaron ante sus ojos, fragmentos de frases sonaron en sus oídos. Estaba muy confusa.

Y tan cansada...

Sería mejor volver a dormirse. El hielo no era realmente tan malo. Empezó a recostarse, y entonces los gritos regresaron a ella.

Los escuchó, no con sus oídos, sino con la mente. Gritos de cólera y dolor. Alguien se sentía muy desdichado.

Se sentó muy quieta, intentando ordenar todo aquello.

Hubo un leve movimiento que captó con el rabillo del ojo. Una ardilla. Pudo olerla, lo que era extraño, porque nunca había oido una ardilla antes. El animal la miró fijamente con un brillante ojo negro y luego correteó hasta lo alto del tronco del sauce. Elena advirtió que había intentado atraparla sólo cuando su mano se alzó vacía con las uñas clavándose en la corteza.

Eso era ridículo. ¿Para qué demonios quería ella una ardilla? Le dio vueltas al asunto durante un minuto, luego volvió a recostarse, agotada.

Los gritos seguían. Intentó taparse los oídos, pero eso no sirvió para dejarlos afuera. Alguien estaba herido, y era desdichado, y peleaba. Eso era. Se estaba librando una pelea.

Muy bien. Lo había adivinado. Ahora podía dormir.

No podía, no obstante. Los gritos la llamaban, la atraían hacia ellos. Sintió una irresistible necesidad de seguirlos hasta su origen.

Y entonces podría dormir. Después de que... lo viera.

Ah, sí, empezaba a regresar a ella. Lo recordaba. Era el que la comprendía, el que la amaba. Era con quien quería estar para siempre.

Su rostro surgió de las brumas de su mente. Lo consideró

221

con cariño. De acuerdo, pues. Por él se pondría de pie y caminaría por entre aquella ridícula aguanieve hasta que encontrara el claro correcto. Hasta que pudiera reunirse con él. Entonces estarían juntos.

Sólo pensar en él pareció proporcionarle calor. Había un fuego dentro de él que pocas personas podían ver. Ella lo veía, no obstante. Era como el fuego que ella tenía dentro.

Él parecía tener alguna clase de problema en aquellos momentos. Al menos, se oían muchos gritos. Estaba ya bastante cerca para escucharlo con los oídos, además de hacerlo con la mente.

Allí, detrás del viejo roble. De ahí era de donde provenía todo el ruido. Él estaba allí, con sus ojos negros e insondables y su sonrisa inescrutable. Y necesitaba su ayuda. Ella le ayudaría.

Sacudiéndose los cristales de hielo del cabello, Elena penetró en el claro del bosque.

En la siguiente entrega de esta apasionante historia...

FURIA

1

Elena penetró en el claro.

Bajo sus pies, jirones de hojas otoñales se congelaban en la nieve fangosa. Había oscurecido, y aunque la tormenta empezaba a amainar, el bosque se volvía cada vez más frío. Elena no sentía el frío.

Tampoco le importaba la oscuridad. Sus pupilas se abrieron completamente, recogiendo diminutas partículas de luz que habrían sido invisibles para un humano. Distinguió con toda claridad las dos figuras que forcejeaban debajo del gran roble.

Una tenía una oscura cabellera espesa que el viento había revuelto y convertido en un alborotado mar de olas. Era ligeramente más alta que la otra, y aunque no podía ver su rostro, en cierto modo supo que sus ojos eran verdes.

La otra tenía una mata de cabellos oscuros también, pero los suyos eran más finos y lisos, casi como el pelaje de un animal. Sus labios estaban tensados hacia atrás, mostrando los dientes con furia, y la gracia perezosa de su cuerpo estaba reunida en la pose agazapada de una pantera. Sus ojos eran negros.

Elena los observó durante varios minutos sin moverse. Había olvidado por qué había acudido allí, por qué la habían arrastrado hasta allí los ecos de la pelea en su mente. A tan poca distancia, el clamor de su rabia, su odio y su dolor era casi ensordecedor, como gritos silenciosos surgiendo de los combatientes. Estaban trabados en un combate a muerte.

«Me pregunto cuál de ellos vencerá», pensó. Los dos estaban heridos y sangraban, y el brazo izquierdo del más alto colgaba en un ángulo antinatural. Pese a todo, acababa de empujar al otro contra el tronco retorcido de un roble, y su furia era tan fuerte que Elena podía sentirla y saborearla, así como escucharla, y sabía que le estaba proporcionando una fuerza increíble.

Y entonces Elena recordó por qué había ido hasta allí. ¿Cómo podía haberlo olvidado? Él estaba herido. Su mente la había llamado hacia allí, bombardeándola con ondas expansivas de rabia y dolor. Ella había acudido a ayudarlo, porque ella le pertenecía.

Las dos figuras estaban caídas en el suelo helado ahora, peleando como lobos, gruñendo. Veloz y silenciosa, Elena fue hacia ellos. El de los cabellos ondulados y ojos verdes —Stefan, musitó una voz en su cabeza— estaba encima, con los dedos buscando desesperadamente la garganta del otro. La cólera inundó a Elena, la cólera y una actitud protectora. Alargó el brazo entre los dos para sujetar aquella mano que intentaba estrangular, para jalar hacia arriba los dedos.

Ni se le ocurrió que no sería bastante fuerte para hacerlo. Era bastante fuerte, eso era todo. Arrojó su peso a un lado, arrancando al cautivo de su oponente. Por si acaso, hizo presión sobre su brazo herido, derribando al atacante de cara sobre la nieve fangosa cubierta de hojas. Después empezó a asfixiarlo por detrás.

Su ataque lo había tomado por sorpresa, pero no estaba vencido ni mucho menos. Devolvió el golpe, con la mano sana buscando a tientas la garganta de la muchacha. El pulgar se hundió en su tráquea. Elena se encontró abalanzándose sobre la mano, yendo hacia ella con los dientes. Su mente no lo comprendía, pero el cuerpo sabía lo que debía hacer. Sus dientes eran un arma y desgarraron la carne, haciendo correr la sangre.

Pero él era más fuerte que ella. Con una violenta sacudida de los hombros se liberó y retorció entre sus manos, arrojándola al suelo. Y entonces fue él quien estuvo encima de ella, con el rostro contorsionado por una furia animal. Ella le siseó y fue hacia sus ojos con las uñas, pero él apartó la mano de un golpe.

Iba a matarla. Incluso herido, era con mucho el más fuerte. Sus labios se habían echado hacia atrás para mostrar unos dientes manchados ya de escarlata. Como una cobra, estaba listo para atacar.

Entonces se detuvo, al inclinarse sobre ella, mientras su expresión cambiaba.

Elena vio que los ojos verdes se abrían de par en par. Las pupilas que habían estado contraídas en forma de fieros puntitos se ampliaron de golpe. La miraba fijamente, como si realmente la viera por primera vez.

¿Por qué la miraba de aquel modo? ¿Por qué no se limitaba a acabar con ellas? Pero la mano férrea sobre su hombro la estaba soltando ya. El gruñido animal había desaparecido, reemplazado por una expresión de perplejidad y asombro. Se sentó hacia atrás, ayudándola a sentarse, sin dejar de mirar su rostro ni un instante.

—Elena —murmuró, la voz quebrándose—. Elena, eres tú.

«¿Es ésa quien soy? —pensó ella—. ¿Elena?».

En realidad, no importaba. Dirigió una veloz mirada en dirección al viejo roble. Él seguía allí, de pie entre las raíces que sobresalían de la tierra, jadeando, apoyándose en el árbol con una mano. Él la miraba con sus ojos infinitamente negros y las cejas contraídas en una expresión hosca.

«No te preocupes —pensó ella—. Yo puedo ocuparme de éste. Es estúpido». Después volvió a arrojarse sobre el joven de ojos verdes.

—¡Elena! —gritó él mientras ella lo derribaba de espaldas.

La mano sana empujó su hombro, sosteniéndola en alto.

—¡Elena, soy yo, Stefan! ¡Elena, mírame!

Ella miraba, y todo lo que veía era el trozo de piel de su cuello al descubierto. Volvió a sisear, el labio superior retrocediendo para mostrarle los dientes.

Él se quedó paralizado.

Sintió cómo la conmoción se extendía por todo el cuerpo del joven, vio que su mirada se quebraba. El rostro adquirió la misma palidez de alguien que hubiera sido golpeado en el estómago. Sacudió la cabeza ligeramente sobre el suelo fangoso.

—No —susurró—. Oh, no...

Parecía estárselo diciendo a sí mismo, como si no esperara que ella lo oyese. Alargó una mano hacia su mejilla y ella intentó morderla.

—Ah, Elena... —murmuró él.

Los últimos restos de furia, de deseo animal de matar, habían desaparecido de su rostro. Tenía los ojos aturdidos, afligidos y entristecidos.

Y era vulnerable. Elena aprovechó el momento para lanzarse sobre la carne desnuda de su cuello. Él alzó el brazo para detenerla, para apartarla, pero luego lo dejó caer de nuevo.

La miró fijamente durante un momento, con el dolor de sus ojos alcanzando un punto álgido, y luego simplemente cedió. Dejó de pelear por completo.

Ella sintió cómo sucedía aquello, sintió cómo la resistencia abandonaba su cuerpo. Se quedó tendido sobre el suelo helado con restos de hojas de roble en el cabello, mirando más allá de ella, hacia el cielo negro y cubierto de nubes.

«Acaba con él», dijo su voz cansada en su mente.

Elena vaciló un instante. Había algo en aquellos ojos que evocaba recuerdos en su interior. Estar de pie bajo la luz de la luna, sentada en una habitación de un tapanco... Pero los recuerdos eran demasiado imprecisos. No conseguía descifrarlos, y el esfuerzo la aturdía y la mareaba.

Y éste tenía que morir, este de los ojos verdes llamado Stefan. Porque lo había lastimado a él, al otro, al que era la razón de su existencia. Nadie podía hacerle daño a él y seguir vivo.

Cerró los dientes sobre su garganta y mordió profundamente.

Advirtió en ese instante que no lo hacía como era debido. No había alcanzado una arteria o una vena. Atacó la garganta, furiosa ante la propia inexperiencia. Resultaba satisfactorio morder algo, pero no salía demasiada sangre. Contrariada, alzó la cabeza y volvió a morder, sintiendo que el cuerpo de él daba una sacudida de dolor.

Mucho mejor. Había encontrado una vena esta vez, pero no la había desgarrado lo suficiente. Un pequeño arañazo como aquél no serviría de nada. Lo que necesitaba era desgarrarla por completo, para dejar que la suculenta sangre caliente saliera a borbotones.

Su víctima se estremeció mientras ella trabajaba, arañando y royendo con los dientes. Empezaba a sentir cómo la carne cedía cuando unas manos la jalaron, alzándola desde atrás.

Elena gruñó sin soltar la garganta. Las manos eran insistentes, no obstante. Un brazo rodeó su cintura, unos dedos se enroscaron en sus cabellos. Forcejeó, aferrándose con dientes y uñas a su presa.

—¡Suéltalo! ¡Déjalo!

La voz era seca y autoritaria, como una ráfaga de viento frío. Elena la reconoció y dejó de forcejear con aquellas manos que la apartaban. Cuando la depositaron en el suelo y ella alzó los ojos para verlo, un nombre acudió a su mente. Damon. Su nombre era Damon. Lo miró fijamente con expresión de enojo, resentida por haber sido arrancada de su presa, pero obediente.

Stefan estaba incorporándose del suelo, con el cuello rojo de sangre que también corría por su camisa. Elena se lamió los labios, sintiendo una punzada parecida a un retortijón de hambre pero que parecía provenir de cada fibra de su ser. Volvía a estar mareada.

—Me pareció —dijo Damon— que dijiste que estaba muerta.

Miraba a Stefan, que estaba aún más pálido que antes, si es que eso era posible. Aquel rostro blanco estaba lleno de infinita desesperación.

—Mírala —fue todo lo que dijo.

Una mano sujetó la barbilla de Elena, ladeando su rostro hacia arriba. Ella devolvió directamente la mirada a los oscuros ojos entrecerrados de Damon. Luego, largos y finos dedos tocaron sus labios, hurgando entre ellos. Instintivamente, Elena intentó morder, pero no muy fuerte. El dedo de Damon localizó la afilada curva de un colmillo y Elena sí mordió entonces, dando un mordisco parecido al de un gatito.

El rostro de Damon era inexpresivo, la mirada dura.

—¿Sabes dónde estás? —preguntó.

Elena miró a su alrededor. Árboles.

—En el bosque —dijo con picardía, volviendo a mirarlo.

—¿Y quién es ése?

Ella siguió la dirección que indicaba su dedo.

—Stefan —respondió con indiferencia—. Tu hermano.

—¿Y quién soy yo? ¿Sabes quién soy yo?

Ella le sonrió, mostrando sus dientes afilados.

—Claro que lo sé. Eres Damon, y te amo.

Crónicas vampíricas es una serie que cuenta la historia de Stefan y Damon Salvatore, dos hermanos vampiros, y de Elena Gilbert, la joven que debe elegir entre ellos, y cuyo primer título es:

Despertar

De próxima aparición:

FURIA

Tercera entrega de *Crónicas vampíricas*.

INVOCACIÓN

Cuarta entrega de *Crónicas vampíricas*.

CONFLICTO

CRÓNICAS VAMPÍRICAS

www.cronicasvampiricas.com.mx

¡No te pierdas lo que te hemos
preparado en la página web
de Crónicas Vampíricas!

Los fans de Crónicas Vampíricas
te estamos esperando...
¡Sólo faltas tú!